古典詩歌研究彙刊

第二四輯

龔鵬程 主編

第 3 冊

唐詩安西書寫研究（下）

陳 興 著

國家圖書館出版品預行編目資料

唐詩安西書寫研究(下)／陳興 著 — 初版 — 新北市：花木蘭
文化事業有限公司，2018〔民 107〕

目 2+152 面；17×24 公分

（古典詩歌研究彙刊 第二四輯：第 3 冊）

ISBN 978-986-485-440-0（精裝）

1. 唐詩 2. 詩評

820.91　　　　　　　　　　　　　　　　107011313

ISBN-978-986-485-440-0

9 789864 854400

古典詩歌研究彙刊
第二四輯 第三冊　　　　　ISBN：978-986-485-440-0

唐詩安西書寫研究(下)

作　　者　陳興

主　　編　龔鵬程

總 編 輯　杜潔祥

副總編輯　楊嘉樂

編　　輯　許郁翎、王筑 美術編輯 陳逸婷

出　　版　花木蘭文化事業有限公司

發 行 人　高小娟

聯絡地址　235 新北市中和區中安街七二號十三樓

　　　　　電話：02-2923-1455／傳眞：02-2923-1452

網　　址　http://www.huamulan.tw 信箱 hml 810518@gmail.com

印　　刷　普羅文化出版廣告事業

初　　版　2018 年 9 月

全書字數　185018 字

定　　價　第二四輯共 9 冊（精裝）新台幣 15,000 元

唐詩安西書寫研究（下）

陳興 著

目次

第五章 唐詩各邊疆地區書寫比較

第一節 唐王朝的疆域狀況

　　唐王朝在取得政權後，又經歷了十幾年的束征西討，不僅消滅了各個割據勢力，還抗拒外侵，開疆拓土，建立了一個空前盛世的統一王朝。《新唐書》，對大唐疆域形成發展的基本狀況有簡要記載：

　　　唐興，高祖改郡爲州，太守爲刺使，又置都督府以治之。然天下初定，權置州郡頗多。太宗元年，始命并省，又因山川形便，分天下爲十道：一曰關內，二曰河南，三曰河東，四曰河北，五曰山南，六曰隴右，七曰淮南，八曰江南，九曰劍南，十曰嶺南。至十三年定簿，凡州府三百五十八，縣一千五百五十一。明年，平高昌，又增州二，縣六。其後，北殄突厥頡利，西平高昌，北逾陰山，西抵大漠。其地：東極海，西至焉耆，南盡林州南境，北接薛延陀界；東西九千五百一十一里，南北一萬六千九百一十八里。……開元、天寶之際，東至安東，西至安西，南至日南，北至單于府，蓋南北如漢之盛，東不及而西過之。開元二十八年戶部帳，凡郡府三百二十有八，縣千五百七十三，戶八百四十一萬二千八百七十一，口四千八百一十四萬三千六百九。〔註1〕

〔註1〕 （宋）歐陽修、宋祁撰：《新唐書》，北京：中華書局，1975 年 2 月版，卷三十七，頁 960。

廣袤的疆域需要有效的管理防禦體系承載。如安西都護府一樣，從太
宗至高宗時期，唐王朝在四面八方建立起了安北、東夷、安北、單于、
昆陵、蒙池、安南共九個都護府及其下各都督府。武后至玄宗時，只
剩下安東〔註2〕、安北、單于〔註3〕、安西、北庭、安南〔註4〕六都護
府。從方位和地帶劃分上看，安西與北庭二都護府同屬於西方，安北
與單于二都護府屬於北方，安東位於東北，安南位於南方。這些都護
府的轄區版圖雖在之後幾經變化，或廢置，或完全被節度制所取代，
但基本軍事格局、設置變化不大，仍是唐王朝主要的邊疆地區。如《新
唐書》載：

> 夫所謂方鎮者，節度使之兵也。原其始，起于邊將之
> 屯防者。唐初，兵之戍邊者，大曰軍，小曰守捉，曰城，
> 曰鎮，而總之者曰道。若盧龍軍一，東軍等守捉十一，曰

〔註2〕 屬河北道，高宗總章元年（668），唐滅高句麗後初置，治所在平壤
城（今朝鮮平壤），轄地包括遼東半島全部、朝鮮半島北部、吉林西
北地區和朝鮮半島西南部的百濟故地等，治所曾先後遷至遼東郡故
城（今遼寧遼陽）、遼東郡新城（今遼寧撫順）、平州（今河北盧龍）、
遼西故郡（今遼寧義縣），後幽州都督或平路節度使常兼領此職，至
德後廢。參閱劉昫等撰：《舊唐書》，北京：中華書局，1975 年 5 月
版，卷三十九，頁 1526～1527；《新唐書》，卷三十九，頁 1023。

〔註3〕 太宗貞觀二十年（646），唐破薛延陀後，鐵勒諸部內附，次年（647）
設燕然都護府，治所曾置西受降城（今內蒙古烏拉特中後聯合旗）、
故單于臺（今內蒙古杭錦後旗），轄境為今蒙古國全境至俄羅斯額爾
齊斯河、貝加爾湖附近；永徽元年（650），唐滅突厥車鼻可汗，分
置單于、瀚海二都護府；龍朔三年（663），徙燕然都護府於回紇，
更名瀚海都護府，徙故瀚海都護府於雲中古城（今內蒙古托克托），
更名雲中都護府，分治大磧南、北。麟德元年（664）雲中都護更名
為單于都護府；總章二年（669），瀚海都護府更名為安北都護府。
參閱《舊唐書》，卷三十八，頁 1488、頁 1420；《新唐書》，卷三十
七，頁 976；譚其驤：〈唐北隴二都護府建置沿革與治所遷移〉，《長
水集》，北京：人民文學出版社，2009 年 9 月版，第 263～276。

〔註4〕 調露元年（679）將交州都督府更名為安南都護府，治宋平（今越南
河內）管轄包括今雲南、廣東、廣西、海南，以及越南北、中部廣
大南疆地區。參閱《舊唐書》地理四，頁 1749；《新唐書》，卷四十
三，頁 1111～1112。

平盧道。橫海、北平、高陽、經略、安塞、納降、唐興、渤海、懷柔、威武、鎮遠、靜塞、雄武、鎮安、懷遠、保定軍十六，曰范陽道。天兵、大同、天安、橫野軍四，岢嵐等守捉五，曰河東道。朔方經略、豐安、定遠、新昌、天柱、宥州經略、橫塞、天德、天安軍九，三受降、豐寧、保寧、烏延等六城，新泉守捉一，曰關內道。赤水、大門、白亭、豆盧、墨離、建康、寧寇、玉門、伊吾、天山軍十，烏城等守捉十四，曰河西道。瀚海、清海、靜塞軍三，沙缽等守捉十，曰北庭道。保大軍一，鷹娑都督一，蘭城等守捉八，曰安西道。鎮西、天成、振威、安人、綏戎、河源、白水、天威、榆林、臨洮、莫門、神策、寧邊、威勝、金天、武寧、曜武、積石軍十八，平夷、綏和、合川守捉三，曰隴右道。威戎、安夷、昆明、寧遠、洪源、通化、松當、平戎、天保、威遠軍十，羊灌田等守捉十五，新安等城三十二，犍為等鎮三十八，曰劍南道。嶺南、安南、桂管、邕管、容管經略、清海軍六，曰嶺南道。福州經略軍一，曰江南道。平海軍一，東牟、東萊守捉二，蓬萊鎮一，曰河南道。此自武德至天寶以前邊防之制。

其軍、城、鎮、守捉皆有使，而道有大將一人，曰大總管，已而更曰大都督。至太宗時，行軍征討曰大總管，在其本道曰大都督。自高宗永徽以後，都督帶使持節者，始謂之節度使，然猶未以名官。景雲二年，以賀拔延嗣為涼州都督、河西節度使。自此而後，接乎開元，朔方、隴右、河東、河西諸鎮，皆置節度使。〔註5〕

《資治通鑒》天寶元年（742）條，亦載當時的具體軍力分配：

是時，天下聲教所被之州三百三十一，羈縻之州八百，置十節度、經略使以備邊。安西節度撫寧西域，統龜茲、焉耆、于闐、疏勒四鎮，治龜茲城，兵二萬四千。北庭節度防制突騎施、堅昆，統瀚海、天山、伊吾三軍，屯伊、

西二州之境，治北庭都護府，兵兩萬人。河西節度使斷隔吐蕃、突厥，統赤水、大斗、建康、寧寇、玉門、墨離、豆盧、新泉八軍，張掖、交城、白亭三守捉，屯涼、肅、瓜、沙、會五州之境，治涼州，兵七萬三千人。朔方節度捍御突厥，統經略、豐安、定遠三軍，三受降城，安北、單于二都護府，屯靈、夏、豐三州之境，治靈州，兵六萬四千七百人。河東節度與朔方犄角以御突厥，統天兵、大同、橫野、岢嵐四軍，雲中守捉，屯太原府忻、代、嵐三州之境，治太原府，兵五萬五千人。范陽節度臨制奚、契丹，統經絡、威武、清夷、靜塞、恆陽、北平、高陽、唐興、橫海九軍，屯幽、薊、……九州之境，治幽州，兵九萬一千四百人。平盧節度鎮撫室韋、靺鞨，統平盧、盧龍二軍，榆關守捉，安東都護府，屯營、平二州之境，治營州，兵三萬七千五百人。隴右節度備御吐蕃，統臨洮、河源、白水、安人、振威、威戎、漠門、寧塞、積石、鎮西十軍，綏和、合川、平夷三守捉，屯鄯、廓、洮、河之境，治鄯州，兵七萬五千人。劍南節度西抗吐蕃，南撫蠻獠，統天寶、平戎、昆明、寧遠、澄川、南江六軍，屯益、翼、茂、當……悉十三州之境，治益州，兵三萬九百人。嶺南五府經略綏靜夷、獠，統經略、清海二軍，桂、容、邕、交四管，治廣州，兵五萬五千四百人。〔註6〕

由此可大概瞭解唐王朝的邊疆軍事部署狀況。相較之下，安西、北庭、河西、隴右節度組成的西部防禦體系，所占軍力最多，共計十九萬兩千人，東部次之，計十二萬八千九百人，北部第三，南部最少。但這些還僅僅是唐王朝有正式建置、駐軍的區域的統計，若是加上眾多隸屬於各都護府的羈縻府州的力量，尤其是西部羈縻府州眾多的安西地區，與其他邊疆地區的軍力會相差更加懸殊。

〔註6〕 （宋）司馬光編著：《資治通鑑》，北京：中華書局，1956 年版，頁 6847～6850。

第二節 其他邊疆地區的書寫

包括安西在內，各邊疆地區的書寫，可都涵蓋在邊疆（或邊塞）
[註7] 書寫的範圍內，但不同地區的書寫，卻有著諸多各自的特點與
彼此聯繫。

一、山川蕭條極邊土──北方和東方邊疆書寫

北方的草原地帶，聚集了眾多遊牧民族。這些民族生活方式相對
原始古樸，逐水草而居，對自然環境依賴程度極大，一旦有天災人禍，
基本生存都會成為問題，所以經常南下侵擾劫掠，歷來都是中原王朝
的邊患來源，如唐代之前的匈奴、柔然等。自唐初期開始，北方草原
民族不斷形成大的部落集團，對唐王朝的北疆構成威脅，雙方接觸也
十分頻繁，[註8] 主要有突厥、薛延陀、回紇等。其中的突厥是北方
最強大的集團，也因此成為唐初期最大的邊患。為了與西部邊疆的西
突厥相區別，學界稱之為「東突厥汗國」，後又有復國的「（後）東突
厥汗國」，都被唐所滅。唐境東臨海洋，由於當時的海上交通及軍事
並不發達，來自這一方面的威脅就十分微弱，上文所引佈防情況也顯
示，沿海軍事設置十分有限，主要危機還是來源於東北內陸，有高句
麗、靺鞨、契丹、室韋、奚、百濟、新羅等政權，他們也都以遊牧起
家。其中高句麗、百濟雖一直對中原王朝稱臣納貢，但曾因騷擾東北
邊疆、不服政令等原因，為唐王朝多次征討而滅亡。其他各政權大多
都納入了唐王朝的管轄之下，但也不時會起摩擦。從自然環境角度
看，唐北方和東方邊塞基本處於同一緯度帶，地形又相近，其氣候、
場景等相似；從人文地緣角度看，二者緊鄰，所患都為草原遊牧民族
政權，軍政設置相應，互為犄角，一方出狀況，另一方即會提供支援

[註7] 狹義的「邊塞」，專指邊疆地區的要塞，廣義則泛指邊疆地區，本文
非論局部要塞，故取其廣義概念，但為避免與狹義概念相混，直接
以「邊疆」指稱較貼切。

[註8] 李大龍著：《唐代邊疆史》，北京：中國社會科學出版社，2013 年 5
月版，頁 14。

配合。因此，這一部分將北方與東方進行合併討論。

（一）概述

　　初唐北方部族最爲禍患嚴重，尤其是突厥部族勢大，衝突多集中在陰山——薊北——遼河一線，橫跨大半個北方地區，北方沿線兵力也在這一區域內轉戰奔走、協同抗擊。〔註9〕太宗時期（627～649），唐廷遣李世勣、李靖等北方六道總管，率軍反擊並滅亡了心腹大患東突厥汗國，〔註10〕在北部及東北邊疆大規模建立都護府爲中心的羈縻府州系統，唐版圖深入至蒙古高原。這期間詩歌尚少，多與北擊突厥有關，如太宗李世民的〈飲馬長城窟行〉（頁3）、虞世南〈擬飲馬長城窟行〉（頁470）、竇威〈出塞曲〉（頁433）等。貞觀十九年（645），太宗還曾親征高句麗，留詩〈遼城望月〉（頁5）、〈遼東山夜臨秋〉（頁20）、〈宴中山〉（頁18）等，及褚遂良、上官儀所作〈遼東侍宴山夜臨秋同賦臨韻應詔〉（《補編》，頁94）數首。高宗時期（649～683），鞏固北方成果基礎上，在東北部打擊了高句麗和百濟勢力，但調露元年（679）後，爆發了多次突厥勢力反叛，還聯絡奚、契丹等部族一起發動侵襲，唐王朝都以重兵征討。〔註11〕此時有很多親臨北方和東方的詩人，他們的書寫詩作數量非常可觀，且具有開拓性。最爲著名的便是陳子昂，他曾兩次隨軍出征，一爲則天后垂拱二年（686），朝廷遣左豹韜衛將軍劉敬同北征金徽州都督僕固，左補闕喬知之護之，陳子昂從喬知之，自居延海入，〔註12〕有詩〈題居延古城贈喬十二知之〉（頁898）、〈居延海樹聞鶯同作〉（頁905）、〈題贈杞山烽樹贈喬十二侍御〉（頁916）、〈還至張掖古城聞東軍告捷贈韋五虛己〉（頁

〔註9〕 郁沖聰：《唐代邊塞詩與唐代疆域沿革關係論略——以所涉邊塞地名爲中心》，濟南：山東大學碩士學位論文，2015年，頁5。

〔註10〕 《新唐書》，卷二百一十五，頁6035。

〔註11〕 參閱張程：《唐朝北疆邊政與邊吏研究——以裴行儉等儒將爲例》，呼和浩特：內蒙古師範大學碩士學位論文，2015年，頁21～23。

〔註12〕 羅庸著：《唐陳子昂先生伯玉年譜》，臺北：臺灣商務印書館，民國七十五年版，頁24。

916）、〈度峽口山贈喬補闕知之王二無競〉（頁 897）、〈感遇〉第三首、第三十五、第三十七首（頁 889），應為當時之作〔註13〕。主要書寫北方突厥頻繁入侵之猖獗，征人遠戰之艱辛；一為武則天萬歲通天元年（696），營州契丹松漠都督李盡忠等舉兵反，陳子昂以右拾遺參謀隨建安王武悠宜討契丹，〔註14〕有詩〈東征答朝達相送〉（頁 904）、〈征東至淇門答宋十一參軍之問〉（頁 898）、〈登薊丘樓送賈兵曹入都〉（頁 900）、〈登幽州臺歌〉（頁 902）、〈薊丘覽古贈盧居士藏用七首〉（頁 896），〔註15〕都頗有其「風骨」。

　　盛唐時期，具有東、北方邊疆親身經歷的詩人眾多，但目的經歷各不相同，如玄宗開元二十年（732），高適隨御史大夫張守珪來到遼西，有〈營州歌〉（頁 2242）等作；游宦於范陽一帶的祖詠，有〈望薊門〉（頁 1336）。但隨著安西的開拓與鞏固、西突厥與吐蕃的崛起，軍事重心轉移至西北，安西、河湟等地備受關注，書寫作品也多以此為題材，如王昌齡〈從軍行〉（頁 1421）、〈塞下曲四首〉（頁 1420）等作。北方及東方一線邊患減輕，書寫此處作品相對減少，且以遊俠之辭居多，相對慷慨浩蕩、輕鬆暢意，如崔顥〈雁門胡人歌〉（頁 1326）、〈贈王威古〉（頁 1321）、〈遼西作〉（頁 1329）、高適〈燕歌行〉（頁 2217）、賈至〈燕歌行〉（頁 2594）等。這時期詩作中幽燕邊疆之地的俠客形象十分突出，陳子昂〈感遇〉之三十四（頁 889）、駱賓王〈送鄭少府入遼共賦俠客遠從戎〉（頁 843）、崔顥〈古遊俠呈軍中諸將〉（頁 1321）、李頎〈古意〉（頁 1355）、盧照鄰〈結客少年場行〉（頁 322）等，皆為經典，彰顯俠士情懷，頗具膽識活力。

　　中唐之後，安史遺患仍在，東北防線軍力加重，書寫北方和東方邊疆的詩歌也表現出之前少有的沉重與悲壯，蒙上了一層迷茫淒涼的消極色彩，如于濆〈遼陽行〉（頁 6927）、王建〈渡遼水〉（頁 3379）、

〔註13〕《唐陳子昂先生伯玉年譜》，頁 15。
〔註14〕《唐陳子昂先生伯玉年譜》，頁 46～47。
〔註15〕《唐陳子昂先生伯玉年譜》，頁 50、56、57。

〈遼東行〉（頁 3376）、劉長卿〈穆陵關北逢人歸漁陽〉（頁 1492）、黃滔〈送友人遊邊〉（頁 8098）等。更有諷刺批判之作，如高適〈薊門行五首〉（頁 2190），是對邊將無能的譏諷；于鵠〈送韋判官歸薊門〉（頁 3501）、于濆〈邊遊錄戍卒言〉（頁 6928）、張蠙〈薊北書事〉（頁 8069）、楊巨源〈贈鄰家老將〉（頁 3733），是對邊功賞罰不公的指責。李益是有唐一代從軍出塞時間最長的邊塞詩人，也是中晚唐時期邊疆書寫作品最多的詩人，歷任鳳翔隴右節度使、朔方節度使、幽州節度使、振武節度使幕僚，﹝註 16﹞幾乎對整個北方邊疆都十分熟悉，詩作如〈邊思〉（頁 3225）、〈夜發軍中〉（頁 3207）、〈從軍北征〉（頁 3226）、〈夜上受降城聞笛〉（頁 3229）、〈送遼陽使還軍〉（頁 3203）等。但他多雄健剛勁筆調，氣象與盛唐相通，與中晚唐有異。

（二）北方和東方書寫圖像

詩作中的北方和東方，是一種極為壯闊渾融的圖景，其呈現方式也如景致般粗獷樸實。詩人著重凸顯的特點並不多，相對簡單鮮明，可以自然和人文兩方面分別概括：

自然環境上的「渺遠空曠」、「孤獨蕭條」是人們對此處最為首要、最為深刻的印象。這樣表現的詩句不計其數，如：

> 憐君此去過居延，古塞黃雲共渺然。沙闊獨行尋馬跡，路迷遙指戍樓煙。（楊凝〈送客此去往夏州〉，頁 3300）

> 白狼河北音書斷，丹鳳城南秋夜長。（沈佺期〈雜詩三首〉，頁 1035）

> 日西身獨遠，山轉路無窮。樹隔高關斷，沙連大漠空。（李頻〈送友人游塞北〉，頁 6839）

> 東出盧龍塞，浩然客思孤。（高適〈塞上〉，頁 2189）

其中對視覺上高大、寬廣的大漠關山、孤城紫塞及夜月落日、曠野長空的描寫極為典型，如：

﹝註 16﹞ 王勝明：《李益研究》，成都：巴蜀書社，2004 年版，頁 179～182。

大漠寒山黑，孤城夜月黃。(楊巨源〈贈鄰家老將〉，頁 3733)

大漠孤煙直，長河落日圓。(王維〈使至塞上〉，，頁 1279)

青山出塞斷，代地入雲平。(李益〈送遼陽使還軍〉，頁 3203)

日入流沙際，陰生瀚海邊。(馬戴〈送和北虜使〉，頁 6449)

雲和朔氣連天黑，蓬雜驚沙散野飛。(屈同仙〈燕歌行〉，頁 2122)

峽口大漠南，橫絕界中國。……叢石何紛糾，赤山復翕赩。遠望多眾容，逼之無異色。崔崒乍孤斷，逶迤屢回直。(陳子昂〈度峽口山贈喬補闕知之王二無競〉，頁 897)

大漠窮秋塞草腓，孤城落日鬥兵稀。(高適〈燕歌行〉，頁 2217)

還有一些少見的景象描寫，如「斬鯨澄碧海，卷霧掃扶桑」(李世民〈宴中山〉，頁 18)，也頗為遼闊浩渺。並且，這樣廣泛的描寫，常是地名頻出，有時甚至一首詩中就能出現多個東、北邊疆地理名詞，如「陰山瀚海千萬里，此日桑河凍流水」(李昂〈從軍行〉，頁 1208)、「前驅白登道，顧失飛狐口。遙憶代王城，俯臨恒山後」(韋鑑〈經望湖澤〉，頁 8760)，以此來概括、總寫廣闊之景象。其中緣由也有很大程度的現實因素：唐初與東突厥的對抗，使轉戰奔走於陰山——薊北——遼河這一廣泛區域成為常態，這一帶的軍事部署也常互相奔走支援，所以北方邊疆書寫中，這三個相隔甚遠的地名常被並舉出現，〔註17〕詩歌所承載的現實空間也異常寬廣。相應的代——薊——遼這一線的景色，也常一起出現在詩歌中，如：

〔註17〕郁沖聰：《唐代邊塞詩與唐代疆域沿革關係論略——以所涉邊塞地名為中心》，頁 18。

　　登山窺代北，屈指計遼東。（李嶠〈餞薛大夫護邊〉，
頁725）

　　振玉登遼甸，挺金歷薊壖……雲端臨碣石，波際隱朝
鮮。（高適〈信安王幕府詩〉，頁2235）

　　碣石遼西地，漁陽薊北天。（高適〈別馮判官〉，頁2228）

　　死生遼海戰，雨雪薊門行。（盧象〈雜詩二首〉，頁1218）

　　合昏玄菟郡，中夜白登臺。〔註18〕（沈佺期〈關山月〉，
頁1033）

　　殺人遼水上，走馬漁陽歸。（崔顥〈古遊俠呈軍中諸
將〉，頁1321）

　　高山代郡東接燕，雁門胡人家近邊……聞道遼西無鬥
戰，時時醉向酒家眠。（崔顥〈雁門胡人歌〉，頁1326）

相關常見地名還有「營州」、「龍城」、「遼西」、「遼水」、「白狼水」、「玄
菟」〔註19〕等。縱觀整個唐代邊疆書寫詩歌，也以這一帶邊患描寫最
爲廣泛和普遍，這一方面與它歷史上、現實中歷來戰爭頻發有關，另
一方面還受文學遞進中繼承前代對此處書寫慣性的影響，即使書寫他
地也常與此相聯繫。與時代相連結，歷來作爲北方一帶防禦工事，也
是邊患頻發地點的「長城」，及相關關塞意象也時常出現，如「如長
城人過少，沙磧馬難前」（馬戴〈送和北虜使〉，頁6449）、「大漠風
沙裡，長城雨雪邊」（高適〈信安王幕府詩〉，頁2235）等。盛唐之
後，述寫北方邊疆的詩歌中，在談及長城時，不再只是蒼涼壯闊的背
景，開始對長城所承載的歷史記憶產生更深刻的探討，如于濆、朱慶

〔註18〕玄菟（也作玄兔）郡在今遼東一帶，白登道在今山西大同。
〔註19〕營州是北朝以來中原王朝在東北建立的惟一州級建置，治所在龍
　　　　城，即今遼寧朝陽，爲東北地區政治、經濟、文化中心；遼水即今
　　　　遼河；白狼水即今大凌河。其中「玄菟」與「白狼」經常對舉使用，
　　　　形成一種固定搭配，如許敬宗〈奉和春日望海〉「電野清玄菟，騰茄
　　　　振白狼」、長孫佐輔〈關山月〉「始經玄菟塞，終繞白狼河」、岑參〈裴
　　　　將軍宅蘆管歌〉「白狼河北堪愁恨，玄兔城南皆斷腸」、楊巨源〈上
　　　　劉侍中〉「城遠迷玄菟，川明辨白狼」等。

餘、羅鄴都有題為「長城」之作，直接意指北方邊患從來都不是依靠長城阻攔的，而在於君主的德化與決策。

　　其次，與上點相映，「蒼涼苦寒」則是另一個主要特點。這主要源自於北方的戈壁沙漠、寒風霜雪的地理、氣候。例如：

　　　　大漠山沈雪，長城草發花。（盧綸〈送劉判官赴豐州〉，頁 3136）

　　　　沙深冷陘斷，雪暗遼陽閉。（高適〈贈別王十七管記〉，頁 2199）

　　　　塞深沙草白，都護領燕兵。（張籍〈漁陽將〉，頁 4304）

　　　　路始陰山北，迢迢雨雪天。（馬戴〈送和北虜使〉，頁 6449）

　　　　寒日生戈劍，陰雲拂旆旌。（沈佺期〈被試出塞〉，頁 1034）

　　　　殺氣毒劍戟，嚴風裂衣裳。……慘慼冰雪裡，悲號絕中腸。（李白〈北上行〉，頁 1705）

　　　　朔雲含凍雨，枯骨放妖光。（貫休〈古塞上曲七首〉，頁 9364）

　　　　薊門寒到骨，戰磧雁相悲。（貫休〈薊北寒月作〉，頁 9398）

　　　　大漠風沙裡，長城雨雪邊。（高適〈信安王幕府詩〉，頁 2235）

　　　　朔風悲邊草，胡沙暗虜營。（鮑君徽〈關山月〉，頁 69）

無論是山河雲月，還是關塞車馬，都自帶一種「陰冷」的寒氣，讓意境格外的黯然冷峻。

　　與重點表現的自然環境相比，人文環境的表現在詩篇中的比例較低，且除了高適〈營州歌〉（頁 2242）外，並無多少對當地風物習俗的介紹，更多是對征戍的描寫，如安西書寫般激揚自信之辭不多，主要是「星高漢將驕，月盛胡兵銳」（高適〈贈別王十七管記〉，頁 2199）

這般鏖戰之辭，如楊巨源〈贈鄰家老將〉：

> 白首羽林郎，丁年戍朔方。陰天瞻磧落，秋日渡遼陽。
> 大漠寒山黑，孤城夜月黃。十年依麾食，萬里帶金瘡。拂
> 雪陳師祭，衝風立教場。箭飛瓊羽合，旗動火雲張。虎翼
> 分營勢，魚鱗擁陣行。誓心清塞色，鬥血雜沙光。戰地晴
> 輝薄，軍門曉氣長。寇深爭暗襲，關迥勒春防。身賤竟何
> 訴，天高徒自傷。功成封寵將，力盡到貧鄉。雀老方悲海，
> 鷹衰卻念霜。空餘孤劍在，開匣一沾裳。（頁 3733）

道出幾乎所有從軍北方的艱辛。這類書寫著重描寫兵戎壯烈，尤其是之中的慘烈辛酸，即使零散出現在詩作中，也頗顯悲壯之氣：

> 刀鐶向月動，旌纛冒霜懸。（馬戴〈送和北虜使〉，頁 6449）

> 漢家未得燕支山，征戍年年沙朔間。（李昂〈從軍行〉，頁 1208）

> 征人心力盡，枯骨更遭焚。（貫休〈古塞上曲七首〉，頁 9364）

> 漢兵候月秋防塞，胡騎乘冰夜渡河。（屈同仙〈燕歌行〉，頁 2122）

> 戰士軍前半死生，美人帳下猶歌舞。（高適〈燕歌行〉，頁 2177）

> 霜凝匣中劍，風憺原上旌。（鮑君徽〈關山月〉，頁 69）

> 破虜功未錄，勞師力已殫。（皎然〈從軍行〉，頁 230）

對征戍之人來說，另一種折磨便是綿延深厚的思念。於是詩歌中的北部，尤其是東北邊疆的遼陽一帶，成為幽怨相思的「勝地」，這種主題的詩作也頗多，如沈佺期〈古意呈補闕喬知之〉（頁 1043）、張繼〈長相思〉（頁 2721）、王涯〈閨人贈遠五首〉（頁 3875）、白居易〈閨婦〉（頁 4947）、于濆〈遼陽行〉（頁 6927）、崔道融〈春閨二首〉（頁 8202）、金昌緒〈春怨〉（頁 8724）等，寫女子對征戍遼陽不歸的丈夫的思念，張籍〈別離曲〉（頁 4281）甚至還表達出女子對遼陽征人

的深厚怨懟；而崔顥〈遼西作〉（頁 1329）、王建〈遠征歸〉（頁 3363），則是在外征人思念的表達，如此書寫情義的詩句更是不勝枚舉，堪稱四方之最。

（三）與安西書寫的聯繫和對比

與安西不同，北方和東方邊疆距離中土較近，風險程度不及安西、南方，在先天的地理條件上，就優於偏遠的安西與南方諸邊疆地域，也是詩人通常會選擇的從軍、游邊之地。若考察史籍，載明親臨過唐代北疆和安西的有張謂、崔融，只有崔融有安西書寫詩作留存，但崔融東征之作又寥寥無幾。〔註20〕所以若將兩地書寫作以比較，只能以兩地多數詩歌的整體面貌作直觀性、概括性的分析。

送別詩是兩地書寫中，為數最多的一類，以下便以送別詩為例作對比：安西書寫的詩歌中，通常都是敘事與寫景相結合，更重敘事。寫景不拘一格，但都突出其艱險，緊湊羅列；敘事則在稱頌對象英姿，即使惜別卻依然態度積極勉勵，格調樂觀激昂。最後多以滿含信心與高漲激情的期盼，甚至誇張的豪言壯語作結。如錢起〈送屈突司馬充安西書記〉（卷二百三十七，頁 2634）、曹唐〈送康祭酒赴輪臺〉（卷六百四十，頁 7343）、張說〈送趙順直（一作頤貞）郎中赴安西副大都督（護）〉（卷八十八，頁 972）、孫逖〈送趙大夫護邊（一作送趙都護赴安西）〉（卷一百十八，頁 1196）、王維〈送劉司直赴安西〉（卷一百二十六，頁 1271）、李白〈送程、劉二侍郎兼獨孤判官赴安西幕府〉（卷一百七十六，頁 1796）、高適〈送李侍御赴安西〉（卷二百十

〔註20〕崔融在隨軍西征安西後，又在天冊萬歲二年（萬歲登封元年、萬歲通天元年，696）七月，隨梁王武三思東征契丹，辟為掌書記，陳子昂、杜審言等作詩送之，《全唐詩》留有陳子昂〈送著作佐郎崔融等從梁王〉、杜審言〈送崔融〉、佚名〈送崔融〉，崔融亦作〈留別杜審言並呈洛中舊友〉；次年正月，幽、朔初平，武三思召回，崔融隨之自幽州入都，陳子昂等又作〈登薊城西北樓送崔著作入都〉送之。參閱陳冠明：〈崔融年譜（刪略稿）〉，《唐代文學研究》，2004 年，頁 135～136。

四，頁 2230)、岑參〈送李副使赴磧西官軍〉(卷一百九十九，頁 2055)
諸詩。而東、北方書寫的詩歌中，通常是結合歷史寫景、敘事，寫
景爲必不可少的元素，且景色相似，景物整體畫面感強烈，渾融一
體，有時甚至不敍其事，重在曠遠的景色中傳達深沉情懷，情感較
爲現實慷慨、綿延低沉。如李頻〈送友人游塞北〉(頁 6839)、高適
〈送渾將軍出塞〉(頁 2219)、馬戴〈送和北虜使〉(頁 6449)、杜審
言〈送崔融〉(頁 735)、李益〈送遼陽使還軍〉(頁 3203)等，皆是
其例。

　　此外，東、北方邊疆的景色書寫方面，有「直接摹寫、單調相近」
的共性，還有很多「旌搖天月迴，騎入塞雲長」這樣廣泛的描述，景
物特點較爲集中和單一，鋪寫「鏡頭」的轉換節奏較緩慢，更顯空闊
遼遠，風格也更顯渾然質樸，幽深沉潛。也許，正因爲北方和東方邊
疆距離中原最近、最易接觸到，氣候、風俗也最爲接近，所以詩人對
於環境更爲熟識，並沒有過大的反差，詩人才會輕描淡寫，不以風物
景色爲重，而集中在抒發豪情壯志、流露離情別緒上。

　　而進一步考察其思想主題，無論何種思想情感，其態度與程度也
有一些不同：書寫安西之作更爲淋漓直切，書寫東、北方之作更爲保
留深沉。更有書寫兩地知名者，如高適、岑參這樣旗幟鮮明的詩人，
兩者詩作的比較也可視爲是兩地書寫比較的經典代表。〔註21〕

二、風雨瘴昏蠻日月——南方邊疆書寫

　　南方邊疆，尤以西南爲重，除了勢力格外強大的吐蕃，還有包括
南詔在內被稱爲蠻、獠的民族政權。〔註22〕但這些民族部落政權，都
歸附於唐，且軍事相對分散，力量較弱，並不被重視，甚至被認爲是

〔註21〕高、岑詩歌比較的相關研究成果頗多，如王偉康〈高適、岑參邊塞
　　　詩創作風格差異及其成因探賾〉(《揚州大學學報(人文社會科學
　　　版)》，2003 年)等皆可參閱，以輔本文，此處不多羅列。
〔註22〕中原王朝統稱之爲「蠻」，其中還依地區有細緻分稱，如「西原蠻」、
　　　「南平獠」等，皆可見於《新唐書·南蠻傳》，頁 6267～6334。

不配和親的「小蠻夷」。〔註 23〕唐在南方邊疆地區的管控能力較強，與版圖伸縮變化很大的北方相比，南方版圖相對穩定，即使這些地區爆發衝突，也多作爲局域性的平定內亂處理，很難跟安西大規模、長時期、頻繁的征戰相比。雖然如此，從上一節的軍隊配置狀況上，便可看出，南方邊疆仍部署了可觀的兵力，其中以劍南道爲最多，嶺南道次之，以備戰亂。

（一）概述

各邊疆地區中，應屬南方書寫詩作與安西書寫詩作最爲不同，反差最鮮明。與安西書寫不同之一，就是在南方邊疆地區書寫中，親臨實地的詩人成爲主要貢獻者，他們的書寫作品佔據了主體地位，以下便按時間概述其況：

初唐親歷南方邊塞的，有杜審言、李嶠等爲數不多幾人。其中，高宗時期，唐發兵攻打邕州（今廣西西寧及周邊縣地）、嚴州（今廣西來賓）獠，李嶠爲監軍，還曾進入蠻族溪洞中勸降，有〈安輯嶺表事平罷歸〉（頁 688）、〈軍師凱旋自邕州順流舟中〉（頁 727）、〈早發苦竹館〉等詩，描寫嶺南風光及不戰凱旋的榮光；沈佺期被流放驩州（今越南榮市），有〈入鬼門關〉（頁 1050）、〈度安海入龍編〉（頁 1052）、〈初達驩州〉（頁 1038）、〈三日獨坐驩州思舊遊〉（頁 1050）等；杜審言被流放峰州（今越南永富及河宣南部），有〈旅寓安南〉（頁 735）等；宋之問初貶瀧州（今廣東羅定），後流欽州（今廣西欽州及靈山），賜死桂州（今廣西桂林），有〈至端州驛見杜五審言沈三佺期閻五朝隱王二無競題壁慨然成詠〉（頁 626）、〈過蠻洞〉（頁 639）、〈早發韶州〉（頁 654）、〈入瀧州江〉（頁 651）等詩，以上作品皆對南方風光有廣泛而深刻的描述，尤其是千山萬水、瘴癘兇險，充滿憂憤與鄉愁。〔註24〕

〔註23〕《新唐書》，卷二百二十二，頁 6291～6292。
〔註24〕參閱賴夢慧：《唐代南方邊塞詩研究》，新竹：臺灣清華大學中文系碩士論文，2007 年 1 月，頁 40～48。

　　初唐多因詩人貶謫嶺南地區而展開書寫，盛唐之初，仍有王昌齡貶嶺南所寫的〈出郴山口至疊石灣野人室中寄張十一〉（頁 1424），以及張悅〈南中送北使〉之二（頁 972）等詩，為數不多。而後天寶年間對南詔的討伐，催生出一批反映戰爭的詩歌：李白〈古風〉（頁 1670）、〈書懷贈南陵常贊府〉（頁 1765）、〈登黃山凌歊臺送族弟溧陽尉濟充汎舟赴華陰〉（頁 1811）、劉灣〈雲南曲〉（頁 2102）、儲光羲〈同諸公送李雲南伐蠻〉（頁 1398）、高適〈李雲南征蠻詩〉（頁 2209）、白居易〈新豐折臂翁〉（頁 4693）、〈蠻子朝〉（頁 4697）等。安史之亂爆發後，杜甫來到劍南道境內的西南邊塞，有〈峽口二首〉之一（頁 2506）、〈熱三首〉之二（頁 2529）、〈將曉二首〉（頁 2492）、〈晚晴〉（頁 2528）、〈後苦寒行二首〉之一（頁 2365）等詩；岑參赴任劍南道戍邊軍鎮之一的嘉州（今四川夾江、犍為馬鞭一帶），也有〈初至犍為作〉（頁 2092）等詩，頗見亂離之感，但也反映出，兩人其實未逢西南征戰。安史之亂後的中唐時期，韓愈、柳宗元等新一批被貶嶺南的詩人作品十分出色；也有少量書寫對西原蠻、黃洞蠻等其他部族入侵的反抗，如戎昱〈桂州臘夜〉（頁 3011）、劉禹錫〈始至雲安寄兵部韓侍郎中書白舍人二公近曾遠守故有屬焉〉（頁 3994）。但大多為思鄉懷遠之作或刻畫當地風物，如柳宗元〈嶺南江行〉（頁 3936）、〈寄韋珩〉（頁 3930）、〈柳州峒氓〉（頁 3962），劉禹錫〈蠻子歌〉（頁 3963）、〈莫猺歌〉（頁 3962），李德裕〈謫嶺南道中作〉（頁 5397）、〈到惡溪夜泊蘆島〉（頁 5397）等，充滿生活氣息和抑鬱愁緒。

　　晚唐時期，藩鎮割據，動亂頻繁，文人大多進入地方幕府任職，許多詩人便也因此來到南方邊疆，留下了與征討邊寇相關的詩作。如李商隱入桂州幕，有〈城上〉（頁 6249）、〈異俗二首〉（頁 6146）；文宗大和三年（829），南詔入侵西川，「掠子女、工技數萬引而南，人懼自殺者不勝數」〔註25〕，雍陶有〈哀蜀人為南蠻俘虜五章〉（頁 5924）

〔註25〕《新唐書》，卷二百二十二，頁 6282。

書寫其狀；高駢任劍南西川節度使，阻擊南詔和林邑（今越南中南部）的聯軍，而有〈南征敘懷〉（頁 6923）、〈過天威徑〉（頁 6921）、〈赴安南卻寄臺司〉（頁 6919）、〈安南送曹別勅歸朝〉（頁 6922）等敘述紀實；入高駢幕的胡曾、崔致遠，也有〈草檄答南蠻有詠〉（胡曾，頁 7417）、〈安南〉（崔致遠，《補編》頁 309）、〈平蠻〉（崔致遠，《補編》頁 310），他如皮日休〈三羞詩三首〉（頁 7014），也屬相關之作。另有一些詩人仕途失意，或遁入南方山林，隱居終老，如曹鄴；或寄情於南方山水仙境，如曹唐、李群玉、曹松，他們的南方邊疆書寫，充滿熱愛，別具一番風情。

（二）南方邊疆書寫圖像

一些詩人會注意到南方邊疆之美、之奇，如張說、張九齡等，但更多的詩人，也許是因貶謫叛亂等原因，則往往關注在它的消極特點上。簡單概括，可發現詩人對南方邊疆書寫最多的特點如下：

1、路途遙遠

雖然南方邊疆不比安西伸入外圍面積之廣、路途之遠，卻也距中原有千里之遙，所以自然也有詩人發出了似安西書寫中「絕域地欲盡，孤城天遂窮」（岑參〈安西館中思長安〉，卷一百九十八，頁 2045）的詩句，如：

> 安南千萬里，師去趣何長。（貫休〈送僧之安南〉，頁 9393）

> 炎方誰謂廣，地盡覺天低。……風煙萬里隔，朝夕幾行啼。（沈佺期〈赦到不得歸題江上石〉，頁 1051）

> 代業京華裡，遠投魑魅鄉。（宋之問〈桂州三月三日〉，頁 628）

> 別家萬餘里，流目三春際。（宋之問〈自衡陽至韶州謁慧能禪師〉，頁 622）

> 怯卒非戰士，炎方難遠行。（李白〈古風〉，頁 1670）

地遠路穿海，春歸冬到家。(賈島〈送黃知新歸安南〉，
頁 6665)

坐到三更盡，歸仍萬里賒。(戎昱〈桂州臘夜〉，頁 3011)
尤其是劉長卿之作，誇張的「萬里」之詞、遙遠之意時常出現，〈初
貶南巴至鄱陽題李嘉祐江亭〉(頁 1546)、〈卻赴南邑留別蘇臺知己〉
(頁 1495)、〈送徐大夫赴廣州〉(頁 1529)、〈江樓送太康郭主簿赴嶺
南〉(頁 1574)、〈送張司直赴嶺南謁張尙書〉(頁 1489)等，即是其
例，不多贅言。

2、環境迥異

南方也與中原故土相別，與北方之嚴寒形成兩個極端，非簡單「炎
熱」二字足以形容。從諸多書寫作品中考察，詩人所著重描寫和表達
「難耐」之感的主要有以下幾個方面：

首先便是酷熱瘴癘之害。南方緯度較低，氣候濕熱，又多低窪盆
地、連綿山林，稱之「千山萬水」、「山重水複」都不爲過，因此而產
生的酷熱暑害與生物瘴氣，誠足催人性命。尤其是「瘴癘」，幾乎成
爲了南方的代表符號。大部分的南方書寫作品也都有對此的描述，如：

炎蒸連曉夕，瘴癘滿冬秋。(沈佺期〈三日獨坐驩州思
舊遊〉，頁 1050)

火雲蒸毒霧，陽雨濯陰霓。(沈佺期〈赦到不得歸題江
上石〉，頁 1051)

夜雜蛟螭寢，晨披瘴癘行。潭蒸水沫起，山熱火雲生
(宋之問〈入瀧州江〉，頁 651)

瘴雲終不滅，瀘水復西來。(杜甫〈熱三首〉之二，頁
2529)

南紀巫盧瘴不絕，太古以來無尺雪。(杜甫〈後苦寒行
二首〉之一，頁 2365)

炎洲經瘴癘，春水上瀧遲。(劉長卿〈送韋贊善使嶺
南〉，頁 300)

　　毒霧恆熏晝，炎風每燒夏。(韓愈〈縣齋讀書〉，頁 3800)

　　衡山截斷炎方北，迴雁峰南瘴煙黑。(李紳〈逾嶺嶠止
荒陬抵高要〉，頁 480)

　　其次是毒物毒蟲之險。地候溫暖，則物種豐富，即會生出許多有
毒生物，如草木蟲蛇等，都含劇毒，一旦誤食或誤觸，就可毒發身亡。
這樣的書寫，如「毒草殺漢馬，張兵奪秦旗」(李白〈書懷贈南陵常
贊府〉，頁 1765)、「梯巘近高鳥，穿林經毒蟲」(高適〈李雲南征蠻
詩〉，頁 2209)、「雲南路出陷河西，毒草長青瘴色低」(雍陶〈哀蜀
人爲南蠻俘虜五章〉，頁 5924)、「南方本多毒，北客恆懼侵」(韓愈
〈縣齋讀書〉，頁 138)。甚至還有些奇特生物，會主動攻擊人，如「觸
影含沙怒，逢人毒草搖」(宋之問〈早發韶州〉，頁 654)、「射工巧伺
游人影，颶母偏驚旅客船」(柳宗元〈嶺南江行〉，頁 3936)，此中的
「射工含沙」，即是一例。《博物志》記載：「江南山谿中水射工，蟲
甲類也，長一二寸，口中有弩形，氣射人影，隨所著處發瘡，不治則
殺人」(註 26)。難怪人們會「下床畏蛇食畏藥」(韓愈〈八月十五夜
贈張功曹〉，頁 3789)，可見其處處兇險。

　　其他特點，還有「日夜清明少，春多霧雨饒」(宋之問〈早發韶
州〉，頁 654)、「積雨生昏霧，輕霜下震雷」(杜審言〈旅寓安南〉，
頁 735)、「風雨瘴昏蠻日月，煙波魂斷惡溪時」(〈到惡溪夜泊蘆島〉，
頁 5397) 等，描寫水氣豐沛、陰鬱等氛圍，以及「梯巘近高鳥，穿
林經毒蟲」(高適〈李雲南征蠻詩〉，頁 2209)、「陰森野葛交蔽日，
懸蛇結虺如蒲萄」(柳宗元〈寄韋珩〉，頁 3930) 等，描述的山高路
轉、林密谷深。另有詩人徙居地形低窪、侷促狹小之地，也會讓詩人
的視野及心境受到很大的阻礙，使詩人的局限感和惆悵感加深。但另
一個方面，也許正是以上的這些特點，還對同爲貶謫詩人韓愈等人呈
現「險怪」的詩風，產生了一定的影響與促進。

〔註 26〕含沙指一種有毒的動物，見於西晉・張華：《博物志》，臺北：中華
　　　　書局，1965 年版，頁 3。

　　這些南方邊塞的自然環境如此，也因而形成了一個有如「玉關」、「陽關」的重要景觀標誌──鬼門關。「鬼門關」在今廣西北流縣及玉林縣之間，有兩山對峙，形勢險惡，居處此地以南的人罕得生還〔註27〕。《舊唐書·地理志》記載鬼門關如下：

> （北流）縣南三十里，有兩石相對，其間闊三十步，俗號鬼門關。漢伏波將軍馬援討林邑蠻，路由於此，立碑石龜尚在。昔時趨交趾，皆由此關。其南尤多瘴癘，去者罕得生還，諺曰：「鬼門關，十人九不還」。〔註28〕

沈佺期常用此意象，如「魂魄遊鬼門，骸骨遺鯨口」（〈初達驩州〉，頁 1024）、「鬼門應苦夜，瘴浦不宜秋」（〈從驩州廨宅移住山間水亭贈蘇使君〉，頁 1050），還有專題詩作：

> 〈入鬼門關〉
> 昔傳瘴江路，今到鬼門關。土地無人老，流移幾客還。自從別京洛，頹鬢與衰顏。夕宿含沙裡，晨行岡路間。馬危千仞谷，舟險萬重灣。問我投何地，西南盡百蠻。（頁 1050）

所謂「夕宿含沙裡，晨行岡路間」，可見其陰森恐怖。其他詩句，如「崖州何處在，生度鬼門關」（楊炎〈流崖州至鬼門關作〉，頁 1213）、「山臨鬼門路，城繞瘴江流」（張說〈南中送北使〉，頁 972）、「鬼門無歸客，北戶多南風」（高適〈李雲南征蠻詩〉，頁 2209）、「陰雲鬼門夜，寒雨瘴江秋」（王建〈送流人〉，頁 3391）、「念君又署南荒吏，路指鬼門幽且夐」（韓愈〈寒食日出遊〉，頁 3793），也是按照這樣可怕的描繪和讖語書寫的。

3、風俗多樣

　　南方地大，自古是巫文化源頭重地；山水相隔之下，也形成了眾多各具特色的邊部民族，並保有各自的習俗與生活方式，流傳至今，生生不息。當時的詩人在書寫南方邊疆時，也大肆採風入詩，留下許

〔註27〕參閱《漢語大詞典》，上海：漢語大詞典出版社，1993 年版，頁 449。
〔註28〕《舊唐書》，卷四十一，頁 1743。

多極具考察價值的作品。這些奇特的風俗，如「泣向文身國，悲看鑿齒民。地偏多育蠱，風惡好相鯨」（宋之問〈入瀧州江〉，頁 651）中的「文身」、「鑿齒」、「育蠱」、「相鯨」〔註29〕，「歲貸胸穿老，朝飛鼻飲頭」（沈佺期〈從驩州廨宅移住山間水亭贈蘇使君〉，頁 1050）中的「胸穿」、「鼻飲」〔註30〕，「欲逐樓船將，方安卉服夷」（劉長卿〈送韋贊善使嶺南〉，頁 300）中的「卉服」〔註31〕。還有較細描繪的專作，如韓愈的〈答柳柳州食蝦蟆〉（頁 3827），介紹了嶺南特有的水產和食用方式；柳宗元〈柳州峒民〉（頁 3962），記述了柳州部族少見的荷葉包飯、鵝毛衣著、雞卜祭祀〔註32〕；劉禹錫〈莫猺歌〉（頁 3962），敘寫了連州猺部的婚姻、占卜等神秘活動；張籍〈崑崙兒〉（頁 4339）、施肩吾〈島夷行〉（頁 5592）、馬戴〈蠻家〉（頁 6426）概括了臨海部族的生活形態。這些不同的風俗習慣，與中原相差極大，很多會讓人感到不適，被視為「鄙陋」；加之詩人心中固有的「夷夏」思想影響，難怪詩人會產生如「異服殊音不可親」（柳宗元〈柳州峒民〉，頁 3962）的感受。即便如此，仍有如劉禹錫、柳宗元這樣的詩人，深耕當地，用心察訪，在詩中大量細緻地記錄了風土民情。

4、戰亂疾苦

　　南方邊疆山鄉水寨部族眾多，相對獨立封閉，在大的時代背景下，雖歸屬唐王朝，也都伺機而動，與當地官民不時出現摩擦。對於唐代南部平亂的描寫，一方面與其他地域一樣，突出征討慘烈、九死一生，大多表達對將士的歷經艱辛的同情，如劉灣〈雲南曲〉（頁

〔註29〕育蠱即下蠱毒，相鯨即觀察魚類活動以預測天氣。
〔註30〕（宋）周去非〈嶺外代答〉曰：「鼻飲之法，以瓢盛少水，至鹽及山薑汁數滴於水中，瓢則有竅，施小管如瓶嘴，插諸鼻中，導水升腦，循腦而下入喉。……飲時必口嚼魚鮓一片，然後水安流入鼻，不與氣相激。既飲必噫氣，以為涼腦快膈，莫若此也。」詳見楊武泉校注：《嶺外代答校注》，北京：中華書局，1999 年版，頁 420。
〔註31〕指用葛草做成的衣服。
〔註32〕雞卜法，用雞與狗祭祀，取雞眼，觀察骨上孔裂形狀占卜吉凶，似甲骨法。

2102）；一方面對唐軍的大舉歌頌，如高適〈李雲南征蠻詩〉（頁2209）、儲光羲〈同諸公送李雲南伐蠻〉（頁1398）。還有一個較特殊的內容，就是對邊疆用人不當，招致叛亂的批判和指責。因為在南方邊疆，這樣的吏治不當，竟然極為普遍和多發，如玄宗天寶九年（750），雲南太守張虔陀侮辱南詔王閣羅鳳女眷，且向閣羅鳳索取財物，未得便予以辱罵，並向朝廷誣告南詔罪狀。南詔多次上表述情，唐王朝遣宦官查證，卻「事以賄成，一信虔陀，共掩天聽」，閣羅鳳忿而發兵殺張虔陀，於是挑起了唐與南詔的戰爭。〔註33〕天寶十載（751），唐遣鮮于仲通攻討南詔，南詔派遣使者請和，願重新歸附唐朝，卻遭到鮮于仲通詆呵和屠戮言辭，但鮮于仲通並無將才，結果全軍覆沒，南詔轉而歸附吐蕃〔註34〕。再如憲宗元和六年（811），黔州（今四川彭水及貴州沿河等地）水災，城墻毀壞，黔中觀察使（領辰、錦、施、漵、獎、夷、播、思、費等州）竇群命溪洞蠻修補城墻，辰州、漵州蠻不能忍受竇群的刻薄與逼迫，蠻帥張伯靖起兵攻打播、費二州，元和八年才棄甲請降。〔註35〕因此而出現像李白〈古風〉（頁1670）、〈書懷贈南陵常贊府〉（頁1765），白居易〈蠻子朝〉（頁4697）這樣諷刺批評的專述，並不意外；且時見犀利之語，如「南荒不擇吏，致我覆交趾」（皮日休〈三羞詩三首〉，頁7014）之作。

（三）與安西書寫的聯繫和對比

　　安西與南方邊疆地區有著迥異的特點，而且有詩人先後親臨過兩地留下詩作，便賦予了兩地書寫更多的聯繫和比較空間，茲以駱賓王和岑參兩位代表性詩人為例進行論述。

　　約高宗儀鳳年間，駱賓王在從安西返朝後，又參與了唐王朝與姚州（今雲南姚安）諸蠻的戰爭。〔註36〕從駱賓王的前後詩作對比，便

〔註33〕 《舊唐書》卷一百九十七，頁5280～5281。
〔註34〕 《舊唐書》卷一百六，頁3243；《資治通鑑》卷二百一十六，頁6906。
〔註35〕 《資治通鑑》卷二百三十九，頁2062。
〔註36〕 《資治通鑑》卷二百二，頁6368；《舊唐書》，卷五，頁96。

可比較出兩地的特點。從作品數量上來看，書寫西南邊疆的零星詩作，遠遠比不上書寫安西的詩作，但詩作所呈現出的卻是另外一番面貌，最典型的便是〈從軍中行路難二首〉，其一寫劍南邊塞姚州：

> 君不見封狐雄虺自成群，馮深負固結妖氛。玉璽分兵征惡少，金壇受律動將軍。將軍擁旄宣廟略，戰士橫行靜夷落。長驅一息背銅梁，直指三巴登劍閣。閣道岧嶤起戍樓，劍門遙裔俯靈丘。邛關九折無平路，江水雙源有急流。征役無期返，他鄉歲華晚。杳杳丘陵出，蒼蒼林薄遠。途危紫蓋峰，路澀青泥阪。去去指哀牢，行行入不毛。絕壁千里險，連山四望高。中外分區宇，夷夏殊風土。交趾枕南荒，昆彌臨北戶。川原繞毒霧，溪谷多淫雨。行潦四時流，崩查千歲古。漂梗飛蓬不自安，捫藤引葛度危巒。昔時聞道從軍樂，今日方知行路難。滄江綠水東流駛，炎洲丹徼南中地。南中南斗映星河，秦川秦塞阻煙波。三春邊地風光少，五月瀘中瘴癘多。朝驅疲斥候，夕息倦樵歌。向月彎繁弱，連星轉太阿。重義輕生懷一顧，東伐西征凡幾度。夜夜朝朝斑鬢新，年年歲歲戎衣故。灞城隅，滇池水，天涯望轉積，地際行無已。徒覺炎涼節物非，不知關山千萬里。棄置勿重陳，征行多苦辛。且悅清笳楊柳曲，詎憶芳園桃李人。絳節朱旗分白羽，丹心白刃酬明主。但令一被君王知，誰憚三邊征戰苦。行路難，幾千端，無復歸雲憑短翰，空餘望日想長安。（卷七十七，頁833）

詩歌將姚州的特點基本概況出來：山重水複、峰險路危、絕壁峭崖、毒瘴瀰漫、山高林密、陰雨不斷，描寫的細緻程度就與同組敘寫安西的作品有著很大的不同：

> 君不見玉關塵色暗邊庭，銅鞮雜虜寇長城。天子按劍征餘勇，將軍受脤事橫行。七德龍韜開玉帳，千里鼉鼓疊金鉦。陰山苦霧埋高壘，交河孤月照連營。連營去去無窮極，擁斾遙遙過絕國。陣雲朝結晦天山，寒沙夕漲迷疏勒。龍鱗水上開魚貫，馬首山前振雕翼。長驅萬里罄祁連，分麾三命武功宣。百發烏號遙碎柳，七尺龍文迥照蓮。春來

秋去移灰琯，蘭閨柳市芳塵斷。雁門迢遞尺書稀，駕被相
思雙帶緩。行路難，行路難，誓令氛祲靜皋蘭。但使封侯
龍額貴，詎隨中婦鳳樓寒。（卷七十七，頁 833）

同是表達征戰之苦、決心之堅，開篇也同是雄壯敘述，風格相似，但
之後圖景和敘述卻相差甚多。前者更多悲戚苦情和對京城深沉的懷
念，以及驚險無常之感；後者則更多慷慨自敘和壯闊豪情。而且，在
進行南方書寫時，詩人已經歷過安西境遇，對另一個不同於安西的地
域描寫，更能準確而突出地描繪出其異，新近親歷的姚州及劍南書
寫，也自然更爲細緻、篇幅更長、句式變化更多，向更符合南方場域
的圖景與風格過渡，這也與山回路轉、層出不窮、盤根錯節的歷險經
驗相合，有一種內容與結構、語言上的多重代入感。再如駱賓王〈疇
昔篇〉中對西南邊疆的描述：

脂車秣馬辭鄉國，縈彎西南使邛僰。玉壘銅梁不易攀，
地角天涯眇難測。鶯囀蟬吟有悲望，鴻來雁度無音息。陽
關積霧萬里昏，劍閣連山千種色。蜀路何悠悠，岷峰阻且
修。回腸隨九折，迸淚連雙流。寒光千里暮，露氣二江秋。
長途看束馬，平水且沉牛。（卷七十七，頁 835）

此詩主要凸顯的是路途曲折、山高水遠，與中原相阻隔，難通音訊，
其狀頗爲艱辛。卻不似其安西之作的絕望而後激昂，彷彿這樣的艱辛
在經歷過安西絕境後更易被接受了，內容和風格更顯得隱忍和淒切。
詩中「陽關積霧萬里昏，劍閣連山千種色」句，還將兩地相對並舉，
直接作比，呈現出鮮明不同的意象、色彩，以及空間感的視覺體驗，
頗爲精妙。

約代宗大曆元年（766）前後，從安西歸來已久的岑參，出任嘉
州（今四川樂山）刺史，因蜀亂滯留梁州（今陝西漢中），次年入蜀，
曾留於副元帥相國杜鴻漸幕，後赴嘉州任，居蜀中四年，最後也卒於
此地。〔註37〕其書寫蜀中之作，如：

〔註37〕參閱廖立：〈岑參年譜〉，《岑嘉州詩箋注》，北京：中華書局，2004
年版，頁 933～936。

〈赴犍爲經龍閣道〉

側徑轉青壁，危梁透滄波。汗流出鳥道，膽碎窺龍渦。
驟雨暗谿口，歸雲網松蘿。屢聞羌兒笛，厭聽巴童歌。江
路險復永，夢魂愁更多。聖朝幸典郡，不敢嫌岷峨。（頁 2045）

〈江上阻風雨〉

江上風欲來，泊舟未能發。氣昏雨已過，突兀山復出。
積浪成高丘，盤渦爲嵌窟。雲低岸花掩，水漲灘草沒。老
樹蛇蛻皮，崩崖龍退骨。平生抱忠信，艱險殊可忽。（頁 2045）

山高峰險，路狹臨江，水霧連綿，封閉鄙陋，岑參著重書寫路上的艱
難險阻。岑參此次入蜀並未參與到戰爭，又非因事貶謫，但他面對蜀
中的自然山水和風物時，並沒有之前遊覽他地時的好奇與激賞，流露
出來的卻是詩人深經奇崖險壑時的愁腸集結、猿啼引發的鄉關之思和
「北客欲流涕」（〈峨眉東腳臨江聽猿懷二室舊廬〉，頁 2046）的心情
黯淡〔註 38〕。即使許多詩作都有豐富的景觀描寫，也頗顯清幽。〔註
39〕極少數如〈阻戎瀘間群盜〉（頁 2047）這樣與衝突戰亂的描寫，也
多寫對方殘暴恐怖與自己的惆悵鄉思，完全不似安西之時的振奮壯
麗。與之前安西書寫的作品相比，此次入蜀之作，更顯得細膩低沉、
趨向內斂，血淚絮語更多，激蕩高歌漸少。

　　駱、岑二人，一爲初唐，一爲盛唐，卻都有相近的變化特點。其
原因，也許一方面，是由於年齡、經歷的成長；另一方面，也許更多
的是上文中所提到的，受南方環境風物的深刻影響。

第三節　安西書寫的獨特之處

　　安西書寫與其他邊疆地區的聯繫與對比，有一些已經在前文舉例
中帶出，本節的論述聚焦在安西書寫中極爲突出的獨特之處：

〔註38〕參閱唐瑛、尹羿之：〈岑參詠嘉州詩研究〉，《四川文理學院學報（社
　　　　會科學）》，第十八卷第 6 期，2008 年 11 月，頁 52。
〔註39〕參閱李厚瓊：〈岑參蜀中詩歌「主景」特點探析〉，《內江師範學院學
　　　　報》，第 23 第 5 期。

一、風貌圖景

　　與其他邊疆地區不同，親臨至安西的詩人甚少，所以，很多詩人簡單書寫時，依靠的是基於北方、東北邊塞印象的想象，再加入一些地理名詞和聽聞描繪，便可勾勒出他們對安西的模糊印象。這樣的書寫在將安西作爲背景的作品中時常出現，尤其以「天山」、「交河」等意象使用最多。但與其他的邊疆之地相比，安西書寫下的風貌圖景是截然不同的，即使與北方之景有一些相近之處，但描述安西之景象時，也許要再加上「更加」一詞才較爲準確。結合之前的論述，聯繫和對比其他地區，茲將唐詩中的安西圖像總結出如下特點：

（一）絕域與奇域——極端的自然環境

　　安西之遙是任何一個邊疆地區都無法相比的，版圖最大時延伸至現今中東地區，其直線距離甚至可以達到當時唐南境的兩倍多。來往路途漫漫，所以詩歌中，如「萬里寂寥音信絕，寸心爭忍不成灰」（胡曾〈獨不見〉，卷六百四十七，頁 7417）這樣突出其「偏遠萬里」的表達時常可見，並且與劉長卿表現南方邊疆之「萬里」不同，安西之「萬里」毫不誇張。相應的，與「巴南音信稀」（岑參〈送綿州李司馬秩滿歸京因呈李兵部〉，頁 2080）、「書信定應稀」（賈至〈送夏侯參軍赴廣州〉，頁 2596）的南方邊疆和同是有「遼陽信未通」（竇鞏〈少婦詞〉，頁 3049）的東北方邊疆相比，安西的路途長度和風險度，以及時常來往安西的人員的數量，所造成的杳無音訊、恍如隔世的程度，都是常人無法想象的。

　　以上因素，也與安西地形和氣候險惡相關。北方和東方環境相對宜人，尚且不論，安西環境雖說沒有南方那樣的毒物瘴癘、雲霧繚繞、處處幽險，但嚴酷程度絕不遜之。安西書寫中多以「絕域」之詞相稱，而非像南方邊疆書寫中所稱的「炎州」之詞，相比之下，其程度深淺可以想見。通常人們稱邊疆地區「苦寒」，只是一個對整個北方邊疆生活的概括，而實際上，安西之苦還不僅在於「寒」，也有酷暑的煎

熬，如夏日中毫無遮蔽的極度乾旱炎熱，甚至如岑參詩中大量描述的蒸騰如煮的「熱海」（今中亞伊塞克湖）和冬日仍炎的「火山」（即今火焰山）地況。親臨安西之境，確若「雪中行地角，火處宿天倪」（岑參〈宿鐵關西館〉，卷二百，頁 2090），它既有高聳入雲的雪山冰川，又有炎如赤焰的山丘盆地，一方地域竟牛多種極端之境，可謂眞正賦有冰火兩重天體驗之地。還有可以荒寂一切的沙漠戈壁，有大風相助肆虐而起時可形成沙暴，風削沙掩，就連車馬也能一掃而清。這樣的情景在《全唐詩補編》所收敦煌人作品中就有描寫：

　　〈白龍堆詠〉

　　　傳道神沙異，喧寒也自鳴。勢疑天鼓動，殷似地雷驚。

　風削棱還峻，人躋刃不平。更尋掊井處，時見白龍行。（《補編》，頁 79）

白龍堆是現今羅布泊東北部的一處有土臺分佈的鹽城戈壁，也是一處十分兇險的無人區，時至近世，仍有人因沙暴中失去給養而困死於此。正如「大荒無鳥飛，但見白龍堆」（〈登北庭北樓呈幕中諸公〉，卷一百九十八，頁 2024）、「今君渡沙磧，累月斷人煙」（杜甫〈送人從軍〉，卷二百二十五，頁 2425）等詩句所言，即使是平坦無際的沙漠戈壁，其荒寂程度更是震人心弦，令人絕望至極。氣候也不同他地，十分反常，可以察岑參下列詩句爲證：「聞說輪臺路，連年見飛雪」（〈發臨洮將赴北庭留別〉，卷二百，頁 2081）、「四月猶自寒，天山雪濛濛」（〈北庭貽宗學士道別〉，卷一百九十八，頁 2033）、「秋雪春仍下，朝風夜不休」（〈北庭作〉，卷二百，頁 2090）、「北風卷地白草折，胡天八月即飛雪」（〈白雪歌送武判官歸京〉，卷一百九十九，頁 2050）。

　　安西和南方邊疆的自然環境都有詩人的精妙描述、大筆著墨，北方和東方邊疆的自然環境則多是只作背景出現在詩歌中，較粗略和廣泛，這本身就與其景色環境對人的衝擊度和接受度有關。「熟悉的地方無景色」，進入到一個新的環境時，各種感官的刺激帶給人的心理

衝擊是無比巨大的，由此便促成了一些「驚奇」之詠、「震撼」之聲。安西書寫亦是如此，並且表現最為強烈和豐富，安西的極致環境便是原因之一。

（二）新疆與失地〔註40〕——複雜的人文環境

1、文化雜異

對於風俗文化差異的描述，北方、東方邊疆書寫的詩歌極少出現，應屬南方邊疆書寫最多、最細，主要體現難以融入之感。安西書寫中也有，如「曾到交河城，風土斷人腸」（岑參〈武威送劉單判官赴安西行營便呈高開府〉，卷一百九八，頁2032）即是其例。但是，與其他邊疆地區相對近似化、單一化的民族部落對比，安西地區為多種不同民族聚居地、中西方文明的融合地，其民族結構更為複雜，充斥著多種文化之間的碰撞。如果說南方煙雲炎瘴地孕育出了詭譎絢麗的巫文化氛圍，風俗更讓人鄙夷膽怯、心生恐懼，那麼安西風沙寒天成長出的文化風俗，則偏於神秘多樣，更讓人新奇詠歎，安西書寫也正是突出其「異」與「奇」。岑參就對其文字語言，有如此描寫：「蕃書文字別，胡俗語音殊」（岑參〈輪臺即事〉，卷二百，頁2090）、「坐參殊俗語，樂雜異方聲」（岑參〈陪封大夫宴得征字時封公兼鴻臚卿〉，卷二百，頁2083）。且眾多承載著文化傳播而來的當地產物，包括葡萄、石榴、天馬，也包括音樂、舞蹈、戲劇，都隨著人們的新奇而能夠被接受，逐漸傳遞移植到中原，甚至在京城及各地盛極一時。這些有著安西特色的產物，被詩人作為意象，寫入詩歌，也逐漸拉近了兩地的文化距離，例如李端〈胡騰兒〉（卷二百八十四，頁3238），詳寫遠離家鄉的胡騰舞藝人之相貌、裝束、習俗，頗為生動與新奇，也體現出這種異域舞蹈傳播普遍的程度，其他例證可參閱第四章意象之論述。

〔註40〕「新疆」作為專指名詞，為清朝之事，此處作「新的疆域」解，非指稱現今之新疆維吾爾族自治區。

2、征戍頻繁

　　相對比歷代紛爭相似的北方草原部族政權，和分散封閉的南方少數民族政權，安西既有「四海之內」的內部民族矛盾，也有此消彼長的外來勢力、文明威脅，因此而導致的摩擦和衝突更為複雜。唐王朝把軍事重心擺在西北，幾乎極天下之兵，安西更是重中之重。若安西有失，那麼，它四面的吐蕃、大食等強敵，葛邏祿、突厥等部族都會趁機蠶食唐土，甚至順勢直搗京城。所以，安西的征戍，牽動著西北及整個北方，難怪詩人還有「歲歲金河復玉關，朝朝馬策與刀環」（柳中庸〈征怨〉，頁 2876）之歎。

　　安西的征戍有四個特點：行軍遠、戰爭頻、戍期長、傷亡大。尤其是唐初期，安西初置，動亂不斷，人多都是中原派遣軍隊遠途而征，戰罷回朝，艱辛程度可想而知。如此高頻率、大規模的遠征，每一次都能在唐朝軍事史上留下濃墨重彩。中期之後，安西建立軍鎮，有常駐軍隊，長時期才輪換一次，這也意味著征戍之人的戍期變得更長了。加上本就艱險的自然環境，對每個奔赴安西之人來說，都是一次嚴酷的生死考驗。所以，幾乎所有涉及征戍描寫的作品，都從這四個方面來表現，如下兩例：

　　　　〈昔昔鹽·一去無還意〉　　趙嘏

　　　良人征絕域，一去不言還。百戰攻胡虜，三冬阻玉關。蕭蕭邊馬思，獵獵戍旗聞。獨把千重恨，連年未解顏。（卷二十七，頁 378）

　　　　〈關山月〉　　王建

　　　關山月，營開道白前軍發。凍輪當磧光悠悠，照見三堆兩堆骨。邊風割面天欲明，金莎嶺西看看沒。[註41]（卷十八，頁 194）

像這樣長途長期、持續不斷、危機四伏的征戍是其他邊疆地區少見的。通常書寫其他邊疆地區征戍的詩作，只是短期集中在一個時間段

───────────

〔註41〕金莎嶺，即今天山博格達峰。

所為，如初唐北征突厥，湧現出陳子昂〈題居延古城贈喬十二知之〉（頁 898）、〈居延海樹聞鶯同作〉（頁 905）、〈題贈祀山烽樹贈喬十二侍御〉（頁 916）、〈還至張掖古城聞東軍告捷贈韋五虛己〉（頁 916）、〈度峽口山贈喬補闕關知之王二無競〉（頁 897）等北方邊疆書寫的詩作。又如太宗親征遼東，流傳有〈春日望海〉（頁 7）、〈傷遼東戰亡〉（頁 12）、〈遼城望月〉（頁 5），以及與之唱和諸作。再如天寶年間對南詔的征伐，就催生出李白〈古風〉（頁 1670）、〈書懷贈南陵常贊府〉（頁 1765）、〈登黃山凌歊臺送族弟溧陽尉濟充汎舟赴華陰〉（頁 1811），劉灣〈雲南曲〉（頁 2102），儲光羲〈同諸公送李雲南伐蠻〉（頁 1398），高適〈李雲南征蠻詩〉（頁 2209），白居易〈新豐折臂翁〉（頁 4693）、〈蠻子朝〉（頁 4697）等詩歌。

安史之亂後，安西先是被看作一方孕育了神兵天將之地，之後隨著邊防重心轉移，吐蕃入侵、回紇崛起，安西又成為一個失地的代表，與此後淪陷的涼州及整個隴右地區一樣，被詩人頻繁採名入詩者甚多。人們緬懷當初「平時安西萬里疆」（白居易〈西涼伎〉，卷四百二十七，頁 4701）的開拓與繁盛，批判傷悼如今「安西路絕歸不得」（白居易〈西涼伎〉，卷四百二十七，頁 4701）的慘況，知名者如白居易〈西涼伎〉（卷四百二十七，頁 4701）、元稹〈和李校書新題樂府十二首〉之〈縛戎人〉（卷四百二十六，頁 4698）、〈西涼伎〉（卷四百一十九，頁 4614）。而其他邊疆地區的伸縮性並不如安西之一半，南方甚至並無巨大變化，這使得安西不僅富有代表性，又具有獨特性。「國家不幸詩家幸」，如第三章對這一時期的論述，安西書寫詩作在數量、質量和連續性方面都有過於其他地區，達到了另一個重要而嶄新的階段，也緊緊扣動著整個唐王朝命運的脈搏。

二、思想內容

（一）變化性

安西書寫不同階段的詩歌中，所表現出詩人的情感和思想的變化

十分普遍。其中，既有大的時代性的變化，如上文所述，從早期的陌生模糊、探索開拓，到中期的滿懷抱負、豪情萬丈，再到後期的憂憤諷刺、悲痛哀怨，有其自己的時間分界和鮮明體現。這種變化在其他邊疆也有表露，是整個唐詩內容的整體變化，但因書寫其他邊疆地區詩作數量，或過度依賴於事件的關係，並未能充分展現完全。

　　安西書寫又有詩人個人生平經歷性的變化，可能之前只是一腔豪情，懷著出塞圖展抱負的唯一信念，但後來的衝擊和融入，帶給他們的感情變化程度、複雜程度和強烈的程度也是十分大的，如駱賓王出塞前後、岑參兩次赴安西入幕的經歷，都影響他們詩歌思想內容發生轉變。這樣微妙細緻的個性化反映，很少能從書寫南方及其他邊疆地區詩歌中窺探到。另外，安西的歷史事件多不勝數，雖和北方邊疆廣泛性書寫不同，可以找到時間、地點等線索，但也很難像東方、南方邊疆一樣，可以將每首詩都明確地將詩繫於事件之下。若將詩歌繫年、繫事，除了詩人生平的考察外，還要結合詩歌中時間、地點的提示，對安西特殊環境進行現地研究〔註42〕、立體分析，才能做到相對準確。

（二）多樣性

　　北方和東方邊疆近中原地區，地理、氣候相對宜人，唐初期戰爭頻繁，北方突厥覆滅之後，雖威脅解除，但此戰線仍是直入中土的要衝，鞏固整個唐境的支援力量，歷來所遣之人都委以重任，所以是詩人游邊、入幕最多的地帶，征戍、鄉思主題幾乎佔據了全部詩篇，很難見到貶謫及其他主題，言辭也相對開闊從容。南方邊疆則是貶謫、流放的熱門之地，因這種緣由來到南方邊疆的詩人數量眾多，如因張易之案而流放嶺南的張說、杜審言、沈佺期、宋之問等在內的詩人群，貶至陽山和潮州的韓愈，貶至柳州（今廣西柳州市及柳江、柳城、鹿

〔註42〕關於現地性研究，可參閱簡錦松著《唐詩現地研究》，高雄：中山大學出版社，2006 年版。

寨等縣地）的柳宗元，貶至連州（今廣東連縣）的劉禹錫，〔註43〕都
是顯著的例子。所以親到南方邊疆的詩人創作，雖也有其他內容，但
也以流放、貶謫主題最多。其次，唐代大多數的詩人係成長、生活於
中原內地，但書寫南方邊疆的詩人中，還有一些本就出身於南疆者，
這也是其他邊疆地區所少見的。如張九齡隸籍韶州曲江（今廣東韶
關），曹鄴隸籍桂州陽朔（今廣西桂林），他們對於南方邊疆並不陌生，
因而對當地的敘述描摹也較少，即使提及也多親切可愛，更多的是來
往酬唱或自敘之作。

安西也是流放、貶謫之地，其中不乏文士，有名者如裴行儉、袁
公瑜等，雖爲貶謫之人，卻極少貶謫之作，只有來濟一首〈出玉關〉
（卷三十九，頁 501）可稱之。也許這一方面是由於安西重地，情勢
複雜，公務繁忙；另一方面則是這種貶謫，恰好也爲這些人提供一方
揮灑的天地，不致抑鬱過久。如裴行儉屢立奇功，最終拜將封爵；〔註
44〕袁公瑜也是初貶西州長史，轉庭州刺史，後遷爲安西副都護〔註
45〕。然而，除了貶謫及遊仙主題的缺乏外，書寫安西的詩歌在各種
題材和內容的開拓上，都有著相當大的開拓和豐富，駱賓王就可謂是
承前啓後的第一人。自此以後，安西書寫不論是較普遍的從軍征戍、
送別鄉思，還是單純的異域描述、事件評議，從君臣應和到民間童謠，
都有它們所要表達的不同的、複雜的思想內容，且一些詩作還頗有遞
進和層次，而非以單調的一種情思表達爲主。

（三）趣味性

奔赴這些邊疆地區，親友間的送別在所難免，所以各地書寫中，

〔註43〕可參閱陳雅欣：《唐詩中的嶺南書寫研究》，臺南：成功大學碩士學
　　　　位論文，2008 年。

〔註44〕可參閱張説：〈贈太尉裴行儉神道碑〉，《文苑英華》，北京：中華書
　　　　局，1966 年 5 月版，頁 4654～4655。

〔註45〕可參閱〈袁公瑜及夫人孟氏合葬墓誌〉，見於張寧、傅洋、趙超、吳
　　　　樹平主編《隋唐五代墓誌彙編》，天津：天津古籍出版社，1991～1992
　　　　年版，頁 186。

出現了大量的送別之作。理論上，安西之境況最爲複雜多樣，其他邊疆地區相對來說，風險的降臨並不會那樣頻繁、強烈。但有趣的是，往往越是兇險的安西，書寫它的詩歌，更多的是極其高漲的激勵與積極因素；反之，對其他地區書寫的詩歌，更多的卻是擔憂與惆悵。其中緣由，可能也與安西這方「高風險」卻「高機遇」的特點有關。相比之下，同爲貶謫「勝地」的南方邊疆，即使不是貶謫之任，也通常很難有機會熬得業績，還可能連性命都不保，更遑論建功樹勛、平步青雲了。故而大多數的送別作品，都如貫休〈送僧之安南〉（頁9393）、高適〈送田少府貶蒼梧〉（頁2221）、孟浩然〈送王昌齡之嶺南〉（頁1661）一樣，其中的不捨、鄉思連綿不絕，甚至可達到如賈至〈送南給事貶崖州〉中「相悲慟哭」般悲痛的程度；即使有激勵之句，也都氣息短暫，反添入更多的擔憂和憐惜之情。

　　書寫安西的詩作，還多了對當地風物的細緻欣賞和戲謔。如岑參〈優鉢羅花歌〉（卷一百九十九，頁2062），是對產於天山高海拔地區的優鉢羅花的讚賞、自況之作；李白〈于闐採花人〉（卷二十六，頁361），則是對當地鄙陋之人風趣的調侃；詠唱石榴、天馬之作就更不必多舉。其他邊疆地區則少有這樣細膩、活潑的刻畫，而多的是作爲背景輔助，偏於消極的嫌惡和幽怨。

（四）故事性

　　若從大的邊疆方位來看，書寫北方一帶詩作較多，但若論具體的某一地域來看，書寫安西的詩歌數量應是名列前茅。這與在安西發生的故事眾多也有關係，出師、出使、安撫、進貢等各種國家大事都浮現在詩歌中。將漢以來的西域版圖保留在中原王朝的版圖上，是每一代王朝之夙願，即使偏安一隅的南朝邊塞詩歌中，也多次提到西征，語及西域。〔註46〕安西都護府轄地在唐代的開拓、變化、失去這一整

〔註46〕梁元帝〈燕歌行〉、王褒〈從軍行〉、沈約〈從軍行〉、梁簡文帝〈從軍行〉、劉孝標〈出塞〉等「交河」、「輪臺」、「疏勒」等語不時出現，皆可爲證。

個過程是十分劇烈的，反映著整個唐王朝的榮辱興衰和博弈智慧。唐人對這片土地有過夢想、榮光，甚至成爲唐王朝鼎盛的象徵，也付出過巨大的犧牲與代價，情感與記憶複雜而深刻，這些都通過詩歌反映出來。張籍的〈涼州詞〉（卷二十七，頁 381）三首便深沉地表現了這樣的變化：從「無數鈴聲遙過磧，應馱白練到安西」的平穩安定、商貿繁榮，到「古鎮城門白磧開，胡兵往往傍沙堆」的潛藏危險，再到最後「邊將皆承主恩澤，無人解道取涼州」整個隴右的淪陷，每一幅畫面都有一段往事和感觸。

在這片土地上誕生的奇聞異事也眾多，而不只是停留在軍國大事的範圍內，就如除了人們熟知的玄奘法師，還有寫作〈冬日在吐火羅逢雪述懷〉（《補編》頁 317）、〈逢漢使入蕃略題四韻〉（《補編》頁 317）的慧超，以及劉言史〈送婆羅門歸本國〉（卷四百六十八，頁 5322）、貫休〈遇五天僧入五臺五首〉（卷八百三十二，頁 9380）記錄的「婆羅門」、「五天僧」等往來安西的僧侶。他們曾爲了心中的理想，不辭萬里跋涉，親身經歷安西的種種境況，成爲傳奇。幾乎每首詩歌背後都有一段特定的歷史與故事，詩中出現的人名、地名等極具眞實性，就連用典也都與現實情況十分契合，有時甚至出現故事劇情驚人的相似和雷同。

三、藝術表現

安西書寫是整個邊疆書寫以及邊塞詩的先鋒模範，不僅體現在對題材立意的首先拓展，還體現在它獨特的藝術表現上，本文第四章中也有詳細論述。另有以下幾個方面與其他邊疆地區書寫頗爲不同，也最應稱道：

（一）體式結構

從詩歌體式上看，安西書寫多古題樂府，多長篇詩作。親赴安西的駱賓王就對歌行體和五言排律貢獻極大，甚至帶動了整個邊塞詩的革新。胡應麟《詩藪》就有評語：「沈宋前，排律殊寡，惟駱賓王篇

什獨盛」〔註47〕，可見他先聲奪人之處。元稹、白居易的新樂府也在安西書寫中有突出表現，如〈胡旋女〉（元作卷四百一十九，頁 4614；白作卷四百二十六，頁 4692）、〈西涼伎〉（卷四百一十九，頁 4614；白作卷四百二十七，頁 4701）等，通過這一創新形式在安西書寫中的率先應用，將現實情況和時弊充分、通俗、流暢地凸顯出來。

　　北方、東方邊疆書寫也較多古題樂府，如高適、賈至、屈同仙都有〈燕歌行〉（高作頁 2217，賈作頁 2594，屈作頁 2122）之作，基本還延續著漢式創作，但格局更顯廣闊。而在南方邊疆書寫中，以非樂府體式為主，且多五言律詩。原因也許是歷來當地的詩歌傳統或民歌影響，也許是與當地較輕快明麗之景相映，也許是環境相對安穩自由，並無太多慷慨情調。但也不乏一些古體作品，如宋之問在嶺南時，一改秉口風格，以謝靈運式的五古為主，進行創作。至於像他這樣，親臨南方邊疆就改變寫作體式的原因和貢獻，呂正惠、葛曉音、蔡振念都有論述，或都與其貶謫經歷有關。〔註48〕

　　並且，總體比較下，安西書寫的詩歌篇幅普遍偏長，難得的是內容與貫穿全篇的「氣長」相當，詩篇賦予的慷慨之氣也與壯闊的景色環境相合。書寫中還處處可見情景結合，即使有時限於短篇或敘述、描寫過多，也必會順承平穩地以卒章顯志的方式收結。這樣的詩歌容量大，與東、北方書寫相似，信息卻更多，節奏更穩健，結構也更緊湊。

（二）意象選取

　　意象使用上，受各地環境影響，差異性較大。安西及整個北方邊

〔註47〕（明）胡應麟撰：《詩藪》，上海：上海古籍出版社，1958 年版，頁 75。

〔註48〕可參閱呂正惠〈初唐詩重探〉，《清華學報》，第十八卷第 2 期，1988 年 12 月；葛曉音〈唐前期山水詩演進的兩次復變——兼論張說、張九齡在盛唐山水詩發展中的作用〉、〈論山水田園詩派的藝術特徵〉，《詩國高潮與盛唐文化》，北京：北京大學出版社，1998 年，頁 76～132；蔡振念〈沈宋貶謫詩在詩史上之新創意義〉，《文與哲》，第 11 期，2007 年 12 月，頁 245。

疆都以現實爲切入點，多以當地特色人、物、風景爲意象，有時會結合歷史意象以言志，但安西意象群更爲豐富多樣，已跳脫出北方一向粗獷質樸的審美取向和單調的山原關塞場面。詩人也有意擷取奇特且有代表性的標誌意象入詩，如被反復採用的冰雪萬丈的「天山」、地形奇異的「交河」、滴汗成血的「天馬」、技藝高超的「藝人」等，加上絕妙的修飾和描述手法，更顯絢麗生動；這些意象也是構建出安西書寫風貌圖景及內容故事性、趣味性的關鍵。

　　比較值得一提的是，安西及北方一帶書寫中不足，而南方邊疆書寫獨勝之處，在於增添許多當地奇幻的神話意象入詩。如採用過「火山」、「熱海」等諸多安西奇景意象入詩的岑參，也未見他引過安西「王母」、「瑤池」等神話意象，反而是在書寫南方邊疆時，會輔以「蜃氣」、「鮫人」，「魑魅」等神話傳說意象，如「樓臺重蜃氣，邑里雜鮫人」（〈送楊瑗尉南海〉，頁 2073）、「深林怯魑魅，洞穴防龍蛇」（〈與鮮于庶子自梓州成都少尹自褒城同行至利州道中作〉，頁 2044）、「願得隨琴高，騎魚向雲煙」（〈阻戎瀘間群盜〉）（頁 2047）等句，重在凸顯詭譎和奇險。

（三）修辭手法

　　首先，與意象的使用相映，用典修辭可作簡要探討。相較之下，安西及廣闊的北方邊疆，用典更多，這與戰爭頻發有關。安西書寫所用的典故，多能「因地制宜」，採歷史上確在當地發生的、眞實的人事典故，所用之典也都以正史爲主，以「立功」爲旨。有時作品中還會互相交叉移植，如出使北方的人也會用西域班超之典。而南方邊疆書寫中，雖常用當地典故，但如「諸葛亮七擒孟獲」、「陸賈說尉陀」這樣當地著名的歷史典故相對較少，〔註49〕用典頻率也較低。其中還有不少神話傳說或「外地移植」之典，表達用途也比較廣泛多樣，如

〔註49〕如貫休〈送人征蠻〉「七縱七禽處，君行事可攀」句、劉長卿〈送裴二十端〉「陸賈千年後，誰看朝漢臺」。

「不及塗林果，移根隨漢臣」（沈佺期〈題椰子樹〉，頁 1039），描寫的是日南（今越南廣治）的椰子樹，卻化用張騫出使西域帶回石榴的典故。

　　其次，安西書寫中，誇飾的使用十分普遍和頻繁，爲慣用方式之一。而南方邊疆書寫則只是偶爾會使用，北方和東方邊疆書寫最爲少見，偏愛於白描寫實呈現，只有「兵屯絕漠暗，馬飮濁河乾」（皎然〈從軍行〉，頁 230）等零星幾例可算作形容性的誇張。這也是安西書寫修辭使用中區別性較大的特點。

　　另外，還有一些藝術表現手法可作提要探討。各邊疆地區間的呼應和並舉即爲其一。安西與南方邊疆的並舉，如高駢〈赴安南卻寄台司〉：

曾驅萬馬上天山，風去雲回頃刻間。今日海門南面事，
莫敎還似鳳林關。（頁 6919）

意爲敘述經歷，帶出兩地對照之感，旨在激勵壯志豪情。再如「夏雲登隴首，秋露泫遼陽」（張九齡〈餞王尚書出邊〉，頁 600），是西北與東北的並舉，也以時間爲線，突出人物志在四方的英雄本色。又如李昂的〈從軍行〉（頁 1208），主要描寫東北之地，也頻頻出現「玉門」、「陽關」、「交河」等安西地名。

　　其二，安西書寫的詩歌中，有多方位的展示和描寫，充分撩動起人的各種感官及體驗，且採用動靜、虛實、聲色相結合的手法，描述了視覺、聽覺、嗅覺、觸覺、味覺器官的體驗，以及饑渴等內部感受，使描寫更加生動可感。視覺之例眾多，不必贅舉，聽覺如「凜凜邊風急，蕭蕭征馬煩」（虞世南〈出塞〉，卷三十六，頁 471）、「笳添離別曲，風送斷腸聲」（楊師道〈隴頭水〉，卷十八，頁 181）、「七德龍韜開玉帳，千里鼙鼓疊金鉦」（駱賓王〈從軍中行路難二首〉之二，卷七十七，頁 833）；嗅覺如「雨拂氈牆濕，風搖毳幕膻」（岑參〈首秋輪臺〉，卷二百，頁 2090）、「羶腥逼綺羅，甌瓦雜珠玉」（戎昱〈苦哉行五首〉，卷十九，頁 232）、「華袵重席臥腥臊，病犬愁鴟聲咽嗢」

（元稹〈縛戎人〉，卷四百二十六，頁4698）、「風雪夜防塞，腥羶朝繫胡」（曹松〈塞上行〉，卷七百十六，頁8225）；味覺如「染指鉛粉膩，滿喉甘露香」（劉禹錫〈和令狐相公謝太原李侍中寄蒲桃〉，卷三百六十二，頁4090）；饑渴之感受如「朝餐饑渴費杯盤，夜臥腥臊汙床席」（白居易〈縛戎人〉，卷四百二十六，頁4698）。他如岑參〈使交河郡郡在火山腳其地苦熱無雨雪獻封大夫〉（卷一百九十八，頁2044）、〈經火山〉（卷二百九十八，頁2046）、〈熱海行送崔侍御還京〉（卷一百九十九，頁2051）等詩中，有大段對炎熱之感的描述；在〈白雪歌送武判官歸京〉（卷一百九十九，頁2050）、〈天山雪歌送蕭治歸京〉（卷一百九十九，頁2051）詩中，有大段對於寒冷之感（觸覺）的描述，十分精彩。尤其是對寒冷至極的疼痛感的描寫相當精妙，如「九月天山風似刀，城南獵馬縮寒毛」（〈趙將軍歌〉）（卷二百一，頁2106）、「風頭如刀面如割」（〈走馬川行奉送封大夫出師西征〉）（卷一百九十九，頁2052）等。南方邊疆書寫善於視覺和觸覺上的深刻描寫，而北方、東方邊疆書寫則多流於一般視覺、聽覺感受體驗，展現方式頗像一幅曠遠的風物圖景組成的單色電影。

此外，還有在韻律方面，安西及東、北方書寫詩作多洪亮壯闊之音韻，南方書寫詩作則相對多樣，其他特點也在上節介紹時已作分別說明。這些多方面的綜合因素，共同構成各地書寫的不同風格：安西書寫多激昂豪邁，北方、東方書寫多蒼涼渾闊，南方書寫多淒苦幽怨，各有其長。

綜上可知，在唐代詩人地域觀念中，每一個邊疆地域都有其相應的較固定化的書寫模式，包括選用哪些意象，應表達哪種情志，必呈現哪種風格等。尤其是並未曾親臨邊疆的詩人，聽聞和閱讀等間接經驗的獲得，使他對單一地域形成了比較刻板的印象。而變動和模糊的地域界限和觀念，又讓這種印象在帶入詩歌創作時，造成了一些地域書寫之間的很多交集。更奇妙的是，每首詩歌又因不同的詩人、不同書寫對象等諸多因素，產生著共性與個性、聯繫與差別。總體而言，

從外在環境影響和詩歌內容來看，安西書寫與北方、東方邊疆書寫相似，但從詩人心理內部所受到的刺激與震撼程度，及藝術呈現方式和水平來看，安西書寫又與南方邊疆相當。

第六章　結　論

一、唐詩安西書寫總述與回顧

　　本文立足於唐詩，以安西書寫爲研究對象，結合歷史、地理、民族、軍事、心理等相關多學科的研究視角和方法，並以統計和繪圖爲輔助，力求對安西書寫作出全面系統的分析和呈現。現將研究成果總述舉要如下：

　　首先，對地域文學及文化、安西史地、邊塞詩及相關詩人之研究狀況略作總述，提出文章的寫作緣出動機，安西書寫的研究意義和價值；並介紹搜集、篩選詩歌文本和資料的研究方法和次序。

　　其次，通過研究和總結安西具體的行政命名、區域變化、設置沿革和唐代的疆域觀念、體系，以及一系列的移民、軍事、官仕等制度政策，對安西的地理、歷史背景加以介紹，對邊塞書寫的傳統和源流作簡單梳理，爲安西書寫的詳細論述作好鋪墊和輔證。

　　又次，通過兩章文字，分別從思想內容和藝術表現兩個大方面，詳細論述唐詩安西書寫之特點。在思想內容部分，從不同角度分述：

　　（一）「多樣情愫」，從情感情愫角度，聯繫邊塞書寫傳統，概括安西書寫詩歌的主要思想情感類型有：歌頌將士從軍的英雄精神、描寫惡劣艱險的異域環境、反映征戍帶來的悲苦和不幸、表達故人故鄉

的思念，其中以歌頌英雄精神者最多，還以豪邁之氣貫穿在許多不同主題的作品中，形成複雜而深刻的思想感情內容。

（二）「多元視角」，從想象建構和親臨其境兩種不同體驗視角，詳細論述不同人物在不同經歷、場景下，所進行的安西書寫內容之不同，並且對四位親臨安西的典型詩人進行考證、編年、分析。「想象建構」中，應和作品的新意對安西書寫及整個唐詩發展有促進作用，送別作品數量、質量最高，評議時事作品觀點多樣、另有新意，這些作品已遠遠擴大了唐詩的題材內容和風格氣概，但還是因缺乏身臨其境的經歷和感受，易形成一些共性，如多用既有邊塞詩傳統的形式、手法等。「親臨其境」中，以來濟貶謫題材作品最爲稀少，駱賓王作品開闢意義最大，崔融作品轉折性最明顯，岑參作品成就最爲豐富深刻。

（三）「多端時期」，以時間爲線索，區別於常見的歷史、文學分期，以安西歷史和書寫的詩歌爲基礎，進行具體分期，分別闡釋安西書寫思想內容隨時間和時代背景而發生的變化：從前期的作品數量稀少、印象陌生模糊、延續思念哀怨傳統基調，到中期的作品增多、內容題材極大豐富、讚頌英雄精神逐漸成爲主旋律，再到後期逐漸呈現與此前不同的悲壯憤慨的複雜心理，每一階段都有著鮮明的轉換。還將夷夏之辨思想的強弱變化，和它對安西書寫的影響，予以提要。

在藝術表現部分，選取以下最應稱道的方面進行分述：

（一）景觀意象的呈現：將意象分爲以冰雪風沙、關塞烽驛等爲主的安西景觀，以葡萄、天馬、樂舞爲眾的安西風物，以藝人、蕃將稱奇的安西人物，通過大量例證，論述其豐富性和新奇性。

（二）修辭技巧的運用：著重介紹了誇飾使用上的頻繁和翻新、用典運用上對漢典的鐘愛，以及譬喻、比擬、象徵發揮的精妙。

（三）詩篇風格的表現：分別對朗健雄放、質樸自然、婉約纏綿三個主要風格進行集中介紹和舉例，並對居主流地位的朗健雄放風格闡釋其形成原因。

最後，在瞭解唐王朝的疆域和軍政狀況後，以方位分類，論述唐代其他邊疆地區書寫的概況和特點，在聯繫和比較中總結提出安西書寫的獨特之處，並著重論述：（一）安西極端的自然與複雜的人文環境所呈現的奇特風景圖貌；（二）具有變化性、多樣性、趣味性和故事性的思想內容；（三）以體式結構、意象選取、修辭手法等為突出特點的藝術表現。

除主體部分之外，本文還將每一章節都分以鮮明層次，將重點內容概括為標題，以體系化、條理化的呈現；對於相關的區域和詩人的地理、歷史內容，以彩色手繪地圖和年表形式呈現，附於文中；並將所搜集的詩歌目錄，以詩人生平時間為序，製成表格，與所參閱的資料文獻附於論文後。

二、安西書寫的發展與展望

絲綢之路由來已久，遠在漢之前，陸路上就已有東西方頻繁的溝通與往來。而秦代末期，匈奴壯大，逐漸雄踞整個北方，掌控了包括幾乎整個西北在內的版圖。漢代之初採取和親政策穩固西域，武帝時派張騫出使，多次遣人將西征，設屯田和交通，置使者校尉。經過不斷開拓，漢宣帝（前 60）朝終於正式在烏壘城（今新疆輪臺縣）建立西域都護府。這期間，便開始有零星關於安西書寫的詩作出現，但篇幅較短，圖景著墨在流沙遠道，多歌頌開邊之英雄氣魄。從此之後，即使西域版圖有的變化，甚至失去，歷朝歷代凡書及此地之作，大都秉承著這一主旨和風格。也因為書籍不斷載述，「西域」之名從此流傳開來。

唐代承繼漢制，在原西域土地上始建安西都護府，開始了幾乎貫穿整個王朝的統治，也開闢了安西書寫的發展。詩人想象、聽聞、相送、親臨……，給這片土地帶來更多故事和靈感，詩歌中安西的圖像也逐漸豐富生動起來。安西這片地域本身的獨特性就有很多，它的波瀾起伏與整個大唐王朝的命運緊密相連，雖居偏遠的「戎夷」故地，

卻清晰地反映著時代的動態。唐詩中的安西書寫，有很多印象相通的共性，也有很多因人、因事而異的差別，也因爲與其他邊疆地區的聯繫，有了更多「因地制宜」的特色。也許唐人都不曾想到，受大唐奉行開放包容的精神影響，精心開拓和經營的安西，也給了唐人許多回饋。在文學，尤其是詩歌上的表現，最經典的便是這樣大漠戈壁的安西勝景、雄渾豪壯的邊塞之音。無論是在題材內容，還是藝術表現上，這種開拓一掃前代的重複狹隘，並在繼續開拓的方向上催生出了許多有意識的、自覺而自然的新創思路和嘗試。

　　唐代之後，宋代未能重關安西之土，詩歌中書及此地的作品也寥寥無幾。及至元代，又將它納入中原版圖，來自西域的人也逐漸加多。對此，陳垣先生還曾作以考證著書，〔註1〕文壇上也活躍著諸多來自西域少數民族的漢文作者。明代則未將它全部納入版圖，文學領域的熱度也因此下降。但這些朝代都未在西域建立如都護府的措施，也未對它有直接性的管理。對於這些朝代的史地沿革和詩歌書寫狀況，迄今少有人關注。

　　直到清代，中原王朝重新在此區域建立統治，改名「新疆」，成爲熱門的流戍之地。大量的文人墨客來往於此，其中不乏著名的紀昀、洪亮吉等才子重臣，書寫新疆的詩歌又不斷湧現。也因清代文學研究的繁榮，這方面的研究成果頗豐。最重要的作品便是星漢的《清代西域詩研究》，書中主要論述在地詩人及詩作，論述屯田詩和風情詩成爲當地書寫中一個新的內容，是清代西域（新疆）地區書寫的綜合性研究作品。〔註2〕

　　以上是對安西書寫發展源流的一個簡要梳理。現今從這樣的脈絡來看，筆者對於唐代安西書寫的探索，仍然有一些未竟之處和待開發的空間，如唐代安西書寫在時代上完整、全面的縱向聯繫和比較，但

〔註1〕 陳垣撰：《元西域人華化考》，上海：上海世紀出版社集團，2008 年
　　　　5 月版。
〔註2〕 星漢：《清代西域詩研究》，上海：上海古籍出版社，2009 年版。

這也是一項頗大的工程，限於本次學位論文的篇幅和體例，期待未來能有機會實現。

三、地域性文學書寫的反思與觀照

中國歷史發展到唐代，已經不僅限於漢族或是單一民族獨立成國，大唐帝國已然成爲一個空前繁榮的多民族國家。唐代國力影響所及、文化輻射所到之處，其範圍遍及了亞洲的很多地區。就連許多少數民族居民也都通曉漢語文，如唐初蕃將契苾何力雖爲一介武夫，卻能隨口誦出「白楊多悲風，蕭蕭愁殺人」的詩句，〔註3〕這些都得益於諸邊疆地區的交融樞紐作用，以及當時以詩歌爲主要文學形式的文化溝通與普及。

地域性文學書寫的研究，是近些年逐漸確立和興起的領域。但人們往往關注於人數眾多的一些地域性流派，或是專寫一個地域的作品，以及具體零散的地點研究。這樣的研究方向也許能夠把握重點、熱點的人物群體和作品，但也可能會忽略了較大的區域性文化影響，以及區域間的相互聯繫和作用。從現有研究成果的整體來看，中原行政編制的區域雖不全面，卻成果豐富；尤其是一些熱門地區，如江南就是明顯的例子。但人們常囿於傳統邊塞詩及邊塞文學定型化的局限，加上邊疆地區版圖並不穩定的原因，對邊疆地區的文學書寫關注較少，尤其是版圖內外少數民族政權地區書寫的研究更爲少見。唐代的研究中，較成體系的有賴孟慧《唐朝南方邊塞詩研究》〔註4〕、陳雅欣《唐詩中的嶺南書寫研究》〔註5〕；較有啓發性的成果如吳逢箴〈送入吐蕃使詩初探〉〔註6〕、余嘉華〈試論唐代有關南詔的詩歌——

〔註3〕　（宋）歐陽修、宋祁撰：《新唐書》，北京：中華書局，1975 年 2 月出版，卷一百一十，頁 4120。

〔註4〕　賴夢慧：《唐代南方邊塞詩研究》，新竹：臺灣清華大學中文系碩士論文，2007 年 1 月。

〔註5〕　陳雅欣：《唐詩中的嶺南書寫研究》，臺南：成功大學碩士學位論文，2008 年。

〔註6〕　吳逢箴：〈送入吐蕃使詩淺析〉，《西藏研究》，1984 第 4 期。

兼談邊塞詩評價的幾個問題〉〔註7〕等。

　　另外，一種以實地考察爲基礎的文學現地研究，也成爲一種極爲有助和有趣的研究模式。筆者在寫作本文時，就曾親赴西北，從唐代古都陝西西安出發，途徑敦煌、吐魯番、烏魯木齊、庫車，直至新疆喀什，完成了一次個人的對「絲綢之路」東段的考察。此番親臨其境的體驗後，著實讓筆者對安西圖景的虛實、詩人的行跡路線及情感心理等，都有了更好的把握，或可算作一次收穫良多的研究經歷。

　　對邊疆地區的文學書寫研究，其獨特和有趣之處就在於文化間、文明間的碰撞和融合；較大者，如魏晉南北朝時期中原文明和印度文明的互動與交流，唐代時期與粟特文明、伊斯蘭文明的接觸與融入。希望本文能爲這樣的地域性文學書寫研究盡一份心力，也希望以此拋磚引玉，讓此領域得到更多學人的關注。

〔註 7〕 余嘉華〈試論唐代有關南詔的詩歌——兼談邊塞詩評價的幾個問題〉，《雲南社會科學》，1984 年第 6 期。

主要參考文獻
（依出版時間排序）

一、原典文獻

1. （漢）班固撰：《漢書》，北京：中華書局，1962 年 6 月版。

2. （西晉）張華：《博物志》，臺北：中華書局，1965 年版。

3. （漢）劉向集錄：《戰國策》，上海：上海古籍出版社，1985 年 6 月版。

4. （漢）劉向撰、向宗魯校證：《說苑校證》，北京：中華書局，1987 年 7 月版。

5. （漢）許慎撰，宋·徐鉉校訂：《說文解字》，北京：中華書局，1998 年 10 月版。

6. （後晉）劉昫等撰：《舊唐書》，北京：中華書局，1975 年 5 月版。

7. （唐）李吉甫撰：《元和郡縣制》，北京：中華書局，1993 年 6 月版。

8. （唐）慧立、彥悰著，孫毓棠、謝方點校：《大慈恩寺三藏法師傳》，北京：中華書局，2000 年 4 月版。

9. （唐）慧超著，張毅箋釋：《往五天竺國傳箋釋》，中華書局，2000 年 4 月。

10. （宋）歐陽修、宋祁撰：《新唐書》，北京：中華書局，1975 年 2 月版。

11. （宋）杜佑撰：《通典》，北京：中華書局，1988 年 12 月版。

12. （宋）李昉等撰：《太平廣記》，北京：中華書局，1961 年 9 月版。

13. （宋）王欽若等撰：《冊府元龜》，北京：中華書局，1960 年 6 月版。

14. （宋）范曄撰，唐・李賢等注：《後漢書》，北京：中華書局，1965年 5 月版。

15. （宋）王溥撰：《唐會要》，上海：上海古籍出版社，2006 年 12月版。

16. （宋）司馬光編著：《資治通鑒》，北京：中華書局，1956 年版。

17. （宋）李昉撰：《文苑英華》，北京：中華書局，1966 年 5 月版。

18. （宋）郭茂倩：《樂府詩集》，北京：中華書局，1979 年 11 月第1 版。

19. （宋）周去菲著、楊武泉校注：《嶺外代答校注》，北京：中華書局，1999 年版。

20. （宋）嚴羽著，郭紹虞校釋：《滄浪詩話校釋》，北京：人民文學出版社，1983 年 8 月版。

21. （明）胡應麟撰：《詩藪》，上海：上海古籍出版社，1958 年版。

22. （清）方東樹著、汪紹楹校點：《昭昧詹言》，北京：人民文學出版社，1961 年 10 月版。

23. （清）董誥：《全唐文》，北京：中華書局，1983 年 11 月出版。

24. 陳鐵民：《岑參集校注》，上海：上海古籍出版社，1981 年版。

25. 《歷代西域詩選注》編寫組：《歷代西域詩選注》，烏魯木齊：新疆人民出版社，1981 年第 1 版。

26. 劉開揚撰：《高適詩集編年箋註》，北京：中華書局，1981 年 12月第 1 版。

27. 李雲逸注：《王昌齡詩注》，上海：上海古籍出版社，1984 年 9 月第 1 版。

28. 許明善：《唐宋邊塞詩詞選粹》，蘭州：甘肅人民出版社，1986 年5 月第 1 版。

29. 胡大浚：《唐代邊塞詩選注》，蘭州：甘肅教育出版社，1990 版。

30. 孫全民：《唐代邊塞詩選注》，合肥：黃山書社，1992 年 9 月版。

31. 陳尚君輯校：《全唐詩補編》，北京：中華書局，1992 年 10 月版。

32. 王有德、鐘興麟選注：《歷代西域散文選註》，烏魯木齊：新疆人

民出版社，1995 年 10 月版。

33. 吳藹宸選輯：《歷代西域詩鈔》，烏魯木齊：新疆人民出版社，2001 年 8 月第 2 版。

34. 星漢、王瀚林選注：《歷代西域屯墾戍邊詩詞選注》，烏魯木齊：新疆人民出版社，2001 年 9 月第 1 版。

35. 徐禮節、余恕誠校注：《張籍繫年校注》，北京：中華書局，2011 年 6 月第 1 版。

36. 廖立：《岑嘉州詩箋註》，北京：中華書局，2004 年 9 月第 1 版。

二、近人著作

（一）文學研究專書

1. 何寄澎：《文化叢刊‧總是玉關情——唐代邊塞詩初探》，臺北：聯經出版事業公司，民國 67（公元 1978）年 6 月初版。

2. 嚴耕望：《唐代交通圖考》《中央研究院歷史語言研究所專刊》八十三，臺北：中央研究院歷史語言研究所，1985 年版。

3. 韓淑德、張之年：《中國琵琶史稿》，北京：人民音樂出版社，1985 年版。

4. 羅庸著：《唐陳子昂先生伯玉年譜》，臺北：臺灣商務印書館，民國 75（公元 1986）年版。

5. 漆緒邦：《盛唐邊塞詩評》，太原：山西人民出版社，1987 年 8 月第 1 版。

6. 周菁葆：《絲綢之路的音樂文化》，烏魯木齊：新疆人民出版社，1987 年版。

7. 西北師範學院中文系、西北師範學院學報編輯部編：《唐代邊塞詩研究論文選粹》，蘭州：甘肅教育出版社，1988 年 5 月第 1 版。

8. 戴偉華：《唐代幕府與文學》，北京：現代出版社，1990 年版。

9. 張鐵山、趙永紅：《中國少數民族藝術》，北京：中央民族大學出版社，1992 年版。

10. 薛宗正：《歷代西陲邊塞詩研究》，蘭州：敦煌文藝出版社，1993 年 4 月第 1 版。

11. 黃剛著：《邊塞詩論稿》，合肥：黃山書社，1996 年 8 月第 1 版。

12. 葛曉音《詩國高潮與盛唐文化》，北京：北京大學出版社，1998

年版。

13. 李浩：《唐代關中士族與文學》，臺北：臺北文津出版社，1999 年版。

14. 李炳海、于雪棠：《唐代邊塞詩傳》，長春：吉林人民出版社，2000 年 1 月版。

15. 王文進：《南朝邊塞詩新論》，臺北：里仁書局，民國 89（公元 2000）年初版。

16. 李浩：《唐代三大地域文學士族》，北京：中華書局，2002 年 10 月第 1 版。

17. 李德輝：《唐代交通與文學》，長沙：湖南人民出版社，2003 年 3 月第 1 版。

18. 薛宗正：《邊塞詩風西域魂——古代西部詩攬勝》，烏魯木齊：新疆青少年出版社，2003 年 3 月第 1 版。

19. 傅璇琮《唐代詩人叢考》，北京：中華書局，2003 年 5 月第 1 版。

20. 王勝明：《李益研究》，成都：巴蜀書社，2004 年版。

21. 袁行霈主編：《中國文學史》，北京：高等教育出版社，2005 年 7 月第 2 版。

22. 任文京：《唐代邊塞詩的文化闡釋》，北京：人民出版社，2005 年 12 月第 1 版。

23. 簡錦松：《唐詩現地研究》，高雄：中山大學出版社，2006 年版。

24. 劉月珠：《唐人音樂詩研究》，臺北：秀威資訊科技股份有限公司，2007 年 5 月版。

25. 高人雄主編：《唐代文學與西北民族文化研究》，北京：民族出版社，2008 年 9 月第 1 版。

26. 星漢：《清代西域詩研究》，上海：上海古籍出版社，2009 年版。

27. 任文京：《中國古代邊塞詩史》，北京：人民出版社，2010 年 3 月第 1 版。

28. 闞永利：《唐前邊塞詩史論》，北京：中國文史出版社，2014 年 4 月北京第 1 版。

29. 閆福玲《漢唐邊塞詩研究》，北京：中華書局，2014 年 8 月第 1 版。

30. 劉東穎：《邊塞詩》，北京：中華書局，2015 年 1 月第 1 版。

（二）地理、歷史研究專書

1. 譚其驤主編：《中國歷史地圖集》，北京：中國地圖出版社，1982
   年 10 月第 1 版章羣：《唐代蕃將研究》，臺北：聯經出版事業公
   司，民國 75（公元 1986）年 3 月版。

2. 章羣：《唐代蕃將研究（續編）》，臺北：聯經出版社，民國 79（公
   元 1990）年版。

3. 張寧、傅洋、趙超、吳樹平主編《隋唐五代墓誌彙編》，天津：
   天津古籍出版社，1991～1992 年版。

4. 薛宗正：《安西與北庭——唐代西陲邊政研究》，哈爾濱：黑龍江
   教育出版社，1998 年 12 月修訂版。

5. 《漢語大詞典》，上海：漢語大詞典出版社，1993 年版。

6. 馬大正、王嶸、楊鐮主編：《西域考察與研究》，烏魯木齊：新疆
   人民出版社，1994 年 9 月第 1 版。

7. 岑仲勉〈西突厥史料編年補闕〉，《西突厥史料補闕及考證》，北
   京：中華書局，2004 年版。

8. 李大龍：《漢唐藩屬體制研究》，中國社會科學出版社 2006 年版。

9. 陳垣撰：《元西域人華化考》，上海：上海世紀出版社集團，2008
   年 5 月版。

10. 《新疆通史》編撰委員會編：《新疆歷史研究論文選編》，烏魯木
    齊：新疆人民出版社，2008 年 12 月第 1 版。

11. 譚其驤：《長水集》，北京：人民文學出版社，2009 年 9 月版。

12. 王永興：《唐代經營西北研究》，蘭州：蘭州大學出版社，2010 年
    9 月第 1 版。

13. 石墨林：《唐安西都護府史事編年》，烏魯木齊：新疆人民出版社，
    2012 年 3 月第 1 版。

14. 李大龍著：《唐代邊疆史》，北京：中國社會科學出版社，2013 年
    5 月第 1 版。

15. 周振鶴：《中國歷史政治地理十六講》，北京：中華書局，2013 年
    12 月版。

16. 向達：《唐代長安與西域文明》，北京：商務出版社，2015 年 12
    月版。

（三）學位論文

1. 姚春梅：《唐代西域詩研究》，武漢：華中師範大學碩士學位論文，2006 年。

2. 賴夢慧：《唐代南方邊塞詩研究》，新竹：臺灣清華大學中文系碩士論文，2007 年 1 月。

3. 海濱：《唐詩與西域文化》，上海：華東師範大學博士論文，2007 年。

4. 李傳偉：《論岑參的邊塞詩》，濟南：山東大學碩士學位論文，2008 年。

5. 陳雅欣：《唐詩中的嶺南書寫研究》，臺南：成功大學碩士學位論文，2008 年。

6. 何央央：《唐代邊塞詩特定背景研究——由漢至唐從中原赴西域路線的考察》，杭州：浙江大學碩士學位論文，2012 年。

7. 王春明：《唐代涉樂詩研究》，長春：吉林大學博士論文，2013 年。

8. 張瓊文：《中晚唐邊塞詩意象研究》，上海：復旦大學碩士學位論文，2013 年。

9. 郁沖聰：《唐代邊塞詩與唐代疆域沿革關係倫略——以所涉邊塞地名爲中心》，濟南：山東大學碩士學位論文，2015 年。

10. 范香立：《唐代和親研究》，合肥：安徽大學博士論文，2015 年。

11. 郁沖聰：《唐代邊塞詩與唐代疆域沿革關係論略——以所涉邊塞地名爲中心》，濟南：山東大學碩士學位論文，2015 年。

12. 張程：《唐朝北疆邊政與邊吏研究——以裴行儉等儒將爲例》，呼和浩特：內蒙古師範大學碩士學位論文，2015 年。

（四）期刊論文

1. 嚴耕望：〈唐代涼州西通安西道驛程考〉，《中央研究院歷史語言研究所集刊》43 本 3 分，民國 60（公元 1971）年。

2. 韓翔：〈焉耆都督府治所與焉耆鎮城〉，《文物》，1982 年第 4 期。

3. 胥惠民：〈漫論西域詩的愛國主義〉，《新疆社會科學》，1984 年第 1 期。

4. 駱祥發〈駱賓王簡譜〉，《浙江師範學院學報（社會科學版）》，1984 年第 2 期。

5. 朱鑒民：〈讀〈送元二使安西〉札記〉，《北京師範大學學報（社會科學版）》，1984 年第 6 期。

6. 金克木：〈文藝的地域學研究設想〉，《讀書》，1986 年第 4 期。

7. 柳洪亮：〈安西都護府治西州境內時期的都護及年代考〉，《新疆社會科學》，1986 年第 2 期。

8. 蘇北海：〈唐代安西都護府的設立及其所屬都督府州考〉，《喀什師範學院》，1988 年第 4 期。

9. 王時祥：〈疏勒都督府〉，《絲路》，1988 年，總 45 期。

10. 呂正惠〈初唐詩重探〉，《清華學報》，第十八卷第 2 期，1988 年 12 月。

11. 馬國榮：〈唐代西域的軍屯〉，《新疆社會科學》，1990 年第 2 期。

12. 陳戈〈新疆古代交通路線綜述〉，《新疆文物》，1990 年第 3 期。

13. 趙世騫〈西域打擊樂器——羯鼓〉，《民族藝術》，1993 年第 1 期。

14. 薛宗正：〈唐代安西建置級別的變化、反覆與安西四鎮的廢棄〉，《中國邊疆史地研究》，1993 年第 4 期。

15. 陳選公：〈唐代文學的文化規定〉，《鄭州大學學報》，1996 年 1 月。

16. 薛宗正：〈關於安西、北庭研究中的幾個問題〉，《西域研究》，1997 年第 1 期。

17. 陳國燦〈唐西州蒲昌府防區內的鎮戍與館驛〉，《魏晉南北朝隋唐史資料》第十七輯，武漢：武漢大學出版社，2000 年。

18. 劉安志：〈唐代安西、北庭兩任都護考補——以出土文書為中心〉，《武漢大學學報（人文科學版）》，2001 年 1 月第 1 期。

19. 陳友冰：〈中國大陸五十年來古典文學研究觀念的演進及思考——以唐代文學研究為主〉，《逢甲人文社會學報》，2002 年 5 月第 4 期。

20. 趙維平〈絲綢之路上的琵琶樂器史〉，《中國音樂學（季刊）》，2003 年第 4 期。

21. 王偉康〈高適、岑參邊塞詩創作風格差異及其成因探賾〉，《揚州大學學報（人文社會科學版）》，2003 年。

22. 張玉娟：〈試論唐代邊塞詩「以漢喻唐」模式〉，《山東社會科學》，2004 年第 3 期。

23. 陳冠明：〈崔融年譜（刪略稿）〉，《唐代文學研究》，2004 年。

24. 陳冠明：〈崔融年譜〉，《中國古典文獻學叢刊（第四卷）》，天津師範大學古典文獻研究所，2005 年。

25. 朱秋德：〈以詩證史：岑參邊塞詩中有關唐代西域名稱的變遷〉，《中國文學研究》，2006 年第 1 期。

26. 王雙環、周佳榮：〈論唐代的和親公主〉，《唐代論叢》，2006 年。

27. 史國強、趙婧：〈岑參赴安西路途考證〉，《新疆大學學報（哲學·人文社會科學版）》，2007 年 1 月第 1 期。

28. 史國強：〈陽關與陽關詩〉，《西域研究》，2007 年第 1 期。

29. 姚春梅：〈唐代西域詩研究綜述〉，《喀什師範學院學報》，2007 年 3 月第 2 期。

30. 劉學銚：〈西域胡風入唐詩〉，《中國邊政》，卷一百七十，2007 年 6 月。

31. 蔡振念〈沈宋貶謫詩在詩史上之新創意義〉，《文與哲》，第 11 期，2007 年 12 月。

32. 王恩春：〈從安西、北庭都護府的設置看唐朝對西域的治理〉，《昌吉學院學報》，2008 年第 4 期。

33. 唐瑛、尹羿之：〈岑參詠嘉州詩研究〉，《四川文理學院學報（社會科學）》，第十八卷第 6 期，2008 年 11 月。

34. 李厚瓊：〈岑參蜀中詩歌「主景」特點探析〉，《內江師範學院學報》，2008 年第 23 第 5 期。

35. 黎羌：〈唐五代詞中的胡風與絲綢之路民族詩歌的交流〉，《民族文學研究》，2009 年第 2 期。

36. 童岳敏：〈唐代文學家族的地域性及其家族文化探究〉，《人文雜誌》，2009 年第 3 期。

37. 郭院林：〈唐詩中的西域意象及其文化意蘊〉，《蘭州學刊》，2009 年第 7 期。

38. 王仲孚：〈初唐的西域經營與安西都護府〉，《臺灣師大歷史學報》，2011 年。

39. 王兆鵬：〈千年一曲唱〈陽關〉——王維〈送元二使安西〉的傳唱史考述〉，《文學評論》，2011 年第 2 期。

40. 邱美玲〈近三十年岑參詩研究綜述〉，《綏化學院學報》，2011 年 6 月第 3 期。

41. 榮新江：〈唐代安西都護府與絲綢之路——以吐魯番出圖文書爲中心〉，《龜茲學研究》（第五輯），2012 年。

42. 海濱：〈岑參對唐詩西域之路的雙重建構〉，《中華文史論叢》，2012

年第 2 期。

43. 榮新江、文欣：〈「西域」概念的變化與唐朝「邊境」的西移——兼談安西都護府在唐政治體系中的地位〉，《北京大學學報（哲學社會科學版）》，2012 年 7 月第 4 期。

44. 簡佩琦：〈漢地胡風——唐詩中的胡人形象探索〉，《應華學報》第十二期，2012 年 12 月。

45. 海濱〈唐代親歷西域詩人詩歌考述〉，《昌吉學院學報》，2013 年第 3 期。

46. 陳國燦：〈唐安西都護府駐軍研究〉，《新疆師範大學學報》（哲學社會科學版），2013 年 5 月第 3 期。

47. 何蕾：〈唐代邊塞詩對漢代歷史文化的記憶與書寫〉，《中南民族大學學報（人文社會科學學版）》，2013 年 9 月第 5 期。

48. 錢志熙：〈唐代溫州地域內外詩歌創作活動考論〉，《國學研究》，2014 年第 1 期。

49. 周曉蓮〈唐代羯鼓研究〉，《嶺東通識教育研究學刊》第五卷，2014 年 2 月第 3 期。

50. 李芳民：〈岑參安西之行事蹟新考〉，《復旦學報（社會科學版）》，2014 年第 5 期。

51. 黃曉東、寧博涵：〈論唐代邊塞詩中的韻〉，《新疆大學學報（哲學‧人文社會科學版）》，2014 年 9 月第 5 期。

52. 范璇：〈試從唐墓誌看唐人地域觀念〉，《成都師範學院》，2015 年第 6 期。

53. 梁秋麗、周菁葆：〈絲綢之路上的篳篥樂器（一～七）〉，《樂器》，2015 年第 5 期至 11 期。

附錄一：唐詩安西書寫詩歌一覽表

說明．

一、本表基本以詩人生卒時間為序排列；

二、表中詩歌多出自於《全唐詩》，故直接標明卷數、頁碼；山白《全唐詩補編》者，記為「《補編》」，標明頁碼；

三、基本依以下選詩原則篩選詩歌：

    1、全詩單純以「安西」（或別稱「鎮西」）為吟詠對象、直接摹寫「安西」風土者；

    2、題目、題序中清楚標有「安西」（或別稱「鎮西」），表明詩歌寫作對象、緣由，係出自與「安西」有關之活動者，包括酬唱、送別、應制等；

    3、詩歌語句中直接出現「安西」字眼者；

    4、全詩中出現安西境內之具體地名者，如「龜茲」、「交河」、「天山」等；

    5、詩文中並無具體地理方位的字眼出現，但可考察詩歌背景及詩人年譜等資料，確定詩歌寫於安西或是摹寫安西之人、事、物者。

作者	詩作	出處	取用選詩原則
虞世南	〈中婦織流黃〉	卷二十，頁 237	4
	〈結客少年場行〉	卷二十四，頁 321	4
	〈出塞〉	卷三十六，頁 471	4
楊師道	〈隴頭水〉	卷十八，頁 181	4
許敬宗	〈奉和執契靜三邊應詔〉	卷三十五，頁 462	4
李世民	〈飲馬長城窟行〉	卷一，頁 3	4
	〈執契靜三邊〉李世民	卷一，頁 3	4
張文琮	〈昭君詞〉	卷十九，頁 214	4
來濟	〈出玉關〉	卷三十九，頁 501	5
李義府	〈和邊城秋氣早〉	卷三十五，頁 468	4
盧照鄰	〈王昭君〉	卷十九，頁 210	4
	〈梅花落〉	卷十八，頁 197	4
駱賓王	〈詠懷古意上裴侍郎〉	卷七十七，頁 832	5
	〈從軍中行路難二首〉之二	卷七十七，頁 833	4
	〈晚度天山有懷京邑〉	卷七十九，頁 854	4
	〈夕次蒲類津(一作晚泊蒲類)〉	卷七十九，頁 854	4
	〈久戍邊城有懷京邑〉	卷七十九，頁 862	4
	〈邊城落日〉	卷七十九，頁 858	5
鄭愔	〈秋閨〉	卷一百六，頁 1107	4
李嶠	〈和麹典設扈從東郊憶弟使往安西冬至日恨不得同申拜慶〉	卷五十八，頁 698	2
	〈旌〉	卷五十九，頁 708	4
劉希夷	〈擣衣篇〉	卷八十二，頁 885	4
崔融	〈西征軍行遇風〉	卷六十八，頁 764	5
	〈關山月〉	卷十八，頁 194	5
	〈擬古〉	卷六十八，頁 764	5
	〈從軍行〉	卷六十八，頁 765	5
	〈塞上（一作北）寄內〉	卷六十八，頁 768	5

郭震（元振）	〈塞上〉	卷六十六，頁 756	4
張說	〈送趙順直（一作頤真）郎中赴安西副大都督（護）〉	卷八十八，頁 972	2
崔湜	〈大漠行〉（一作胡皓詩）	卷五十四，頁 661	4
	〈早春邊城懷歸〉	卷五十四，頁 666	4
李元紘	〈相思怨〉	卷一百八，頁 1114	4
張九齡	〈送趙都護赴安西〉	卷四十九，頁 600	2
鄭錫	〈千里思〉	卷二百六十二，頁 2912	4
孫逖	〈送趙大夫護邊（一作送趙都護赴安西）〉	卷一百十八，頁 1196	2
王昌齡	〈從軍行七首〉	卷一百四十三，頁 1443	4
	〈殿前曲二首〉	卷一百四十八，頁 1444	4
蘇頲	〈山鷓鴣詞二首〉	卷七十四，頁 814	1
王維	〈奉和聖制送不蒙都護兼鴻臚卿歸安西應制〉	卷一百二十五，頁 1235	2
	〈送劉司直赴安西〉	卷一百二十六，頁 1271	2
	〈渭城曲（一作送元二使安西）〉	卷一百二十八，頁 1306	2
	〈送平澹然判官〉	卷一百二十六，頁 1270	4
	〈老將行〉	卷一百二十五，頁 1257	4
李白	〈送程、劉二侍郎兼獨孤判官赴安西幕府〉	卷一百七十六，頁 1796	2
	〈送族弟綰從軍安西〉	卷一百七十六，頁 1799	2
	〈關山月〉	卷十八，頁 193	4
	〈獨不見〉	卷二十六，頁 366	4
	〈丁闈採花〉	卷二十六，頁 361	4
	〈塞下曲六首〉	卷一百六十四，頁 1700	4
	〈古風〉	卷一百六十一，頁 1670	4
	〈擣衣篇〉	卷一百六十五，頁 1711	4
	〈戰城南〉	卷一百六十二，頁 1682	4
	〈子夜四時歌四首·秋歌〉	卷二十一，頁 264	4

高適	〈東平留贈狄司馬(曾與田安西充判官)〉	卷二百十一,頁 2191	4
	〈送李侍御赴安西〉	卷二百十四,頁 2230	2
	〈送裴別將之安西〉	卷二百十四,頁 2230	2
萬楚	〈驄馬〉	卷一百四十五,頁 1469	4
張宣明	〈使至三姓咽面〉	卷一百十三,頁 1151	4
杜甫	〈高都護驄馬行(高仙芝。開元末爲安西副都護)〉	卷二百十六,頁 2255	3
	〈觀安西兵過赴關中待命二首〉	卷二百二十五,頁 2425	2
	〈送從弟亞赴安西(一作河西)判官〉	卷二百十七,頁 2273	2
	〈王兵馬使二角鷹〉	卷二百二十二,頁 2362	3
	〈送韋書記赴安西〉	卷二百二十四,頁 2396	2
	〈秦州雜詩二十首〉之五、之六、之十九	卷二百二十五,頁 2417	4
	〈喜聞盜賊蕃寇總退口號五首〉之四	卷二百三十,頁 2520	4
	〈前出塞九首〉	卷二百十八,頁 2292	4
	〈送人從軍〉	卷二百二十五,頁 2425	4
	〈觀兵〉	卷二百二十五,頁 2423	4
西鄙人	〈爲哥舒翰歌〉	《補編》,頁 356	2
岑參	〈初過隴山途中呈宇文判官〉	卷一百九十八,頁 2024	3
	〈武威送劉單判官赴安西行營便(一作使)呈高開府〉	卷一百九八,頁 2032	2
	〈使交河郡郡在火山腳其地苦熱無雨雪獻封大夫〉	卷一百九十八,頁 2044	4
	〈安西館中思長安〉	卷一百九十八,頁 2045	2
	〈磧西頭送李判官入京〉	卷二百,頁 2067	3
	〈送郭司馬赴伊吾郡請示李明府(郭子是趙節度同好)〉	卷二百,頁 2074	4

〈送人赴安西〉	卷二百，頁 2081	2
〈過磧〉	卷二百一，頁 2106	3
〈逢入京使〉	卷二百一，頁 2106	4
〈日沒賀延磧作〉	卷二百一，頁 2102	5
〈磧中作〉	卷二百一，頁 2106	5
〈歲暮磧外寄元撝〉	卷二百，頁 2064	5
〈經火山〉	卷二百九十八，頁 2046	4
〈題鐵門關樓〉	卷二百九十八，頁 2046	4
〈宿鐵關西館〉	卷二百，頁 2090	4
〈早發焉耆懷終南別業〉	卷二百，頁 2090	4
〈武威送劉判官赴磧西行軍〉	卷二百一，2104	4
〈北庭貽宗學士道別〉	卷一百九十八，頁 2033	4
〈發臨洮將赴北庭留別〉	卷二百，頁 2081	4
〈醉裏送裴子赴鎮西〉	卷二百一，頁 2101	2
〈寄宇文判官〉	卷二百，頁 2064	5
〈火山雲歌送別〉	卷一百九十九，頁 2052	4
〈銀山磧西館〉	卷一百九十九，頁 2056	4
〈送李副使赴磧西官軍〉	卷一百九十九，頁 2055	4
〈赴北庭度隴思家〉	卷二百一，頁 2107	4
〈臨洮泛舟趙仙舟自北庭罷使還京〉	卷二百，頁 2081	4
〈登北庭北樓呈幕中諸公〉	卷一百九十八，頁 2024	4
〈走馬川行奉送出師西征〉	卷一百九十九，頁 2052	4
〈輪臺歌奉送封大夫出師西征〉	卷一百九十九，頁 2051	4
〈送崔子還京〉	卷二百一，頁 2105	4
〈北庭西郊候封大夫受降回軍獻上〉	卷一百九十八，頁 2023	4
〈獻封大夫破播仙凱歌六首〉	卷二百一，頁 2103	4

	〈北庭作〉	卷二百，頁 2090	4
	〈輪臺即事〉	卷二百，頁 2090	4
	〈題苜蓿峰寄家人〉	卷二百一，頁 2104	4
	〈奉陪封大夫宴得征字時封公兼鴻臚卿〉	卷二百，頁 2083	5
	〈陪封大夫宴瀚海亭納涼（得時字）〉	卷二百，頁 2083	5
	〈奉陪封大夫九日登高〉	卷二百，頁 2085	5
	〈胡歌〉	卷二百一，頁 2106	5
	〈滅胡曲〉	卷二百一，頁 2101	5
	〈白雪歌送武判官歸京〉	卷一百九十九，頁 2050	4
	〈趙將軍歌〉	卷二百一，頁 2106	4
	〈熱海行送崔侍御還京〉	卷一百九十九，頁 2051	4
	〈天山雪歌送蕭治歸京〉	卷一百九十九，頁 2051	4
	〈玉門關蓋將軍歌〉	卷一百九十九，頁 2058	5
	〈玉關寄長安李主簿〉	卷二百一，頁 2104	5
	〈送張都尉東歸〉	卷二百，頁 2075	5
	〈送四鎮薛侍御東歸〉	卷二百，頁 2075	5
	〈優鉢羅花歌（並序）〉	卷一百九十九，頁 2062	4
	〈與獨孤漸道別長句兼呈嚴八侍御〉	卷一百九十九，頁 2053	4
	〈使院中新栽柏樹子呈李十五棲筠〉	卷二百，頁 2092	5
	〈首秋輪臺〉	卷二百，頁 2090	4
	〈送李別將攝伊吾令充使赴武威，便寄崔員外〉	卷二百，頁 2075	4
	〈送劉郎將歸河東（同用邊字）〉	卷二百，頁 2067	4
	〈寄韓樽〉	卷二百一，頁 2101	4
慧超	〈逢漢使入蕃略題四韻〉	《補編》頁 317	5
	〈冬日在吐火羅逢雪述懷〉	《補編》頁 317	4

錢起	〈送屈突司馬充安西書記〉	卷二百三十七，頁 2634	2
	〈送張將軍征西〉	卷二百三十六，頁 2603	4
鮑防	〈雜感〉	卷三百七，頁 3485	5
劉長卿	〈贈別于（一作韋）鵠投筆赴安西〉	卷一百五十頁，1552	2
李頎	〈聽安萬善吹觱篥歌〉	卷一百三十三，頁 1354	4
	〈古從軍行〉	卷一百三十三，頁 1348	4
陶翰	〈燕歌行〉	卷十九，頁 224	4
皎然	〈效古〉	卷八百二十，頁 9247	4
張謂	〈送皇甫齡宰交河〉	卷一百九十七，頁 2020	4
李端	〈胡騰兒〉	卷二百八十四，頁 3238	3
	〈瘦馬行〉	卷二百八十四，頁 3239	3
	〈送古之奇赴安西幕〉	卷二百八十五，頁 3252	2
	〈雨雪曲〉	卷十八，頁 199	4
盧象	〈送趙都護赴安西〉	卷一百二十二，頁 1220	2
耿湋	〈入塞曲〉	卷十八，頁 188	4
法振	〈河源破賊後贈袁將軍〉	卷八百一十一，頁 9141	4
戎昱	〈苦哉行五首〉	卷十九，頁 232	4
	〈塞上曲〉	卷二百七十，頁 3023	4
劉言史	〈王中丞宅夜觀舞胡騰（王中丞武俊也）〉	卷四百六十八，頁 5323	5
	〈送婆羅門歸本國〉	卷四百六十八，頁 5322	4
于鵠	〈出塞（一本有曲字）〉	卷三百一十，頁 3502	4
李益	〈登夏州城觀送行人賦得六州胡兒歌〉	卷二百八十二，頁 3211	4
	〈塞下曲〉	卷二百八十三，頁 3224	4
孟郊	〈折楊柳〉	卷十八，頁 191	4
楊巨源	〈贈史開封〉	卷三百三十三，頁 3728	4
權德輿	〈朝回閱樂寄絕句〉	卷三百二十九，頁 3681	4

張籍	〈涼州詞〉	卷二十七，頁 381	3
	〈送安西將〉	卷三百八十四，頁 4319	2
	〈贈趙將軍〉	卷三百八十五，頁 4337	3
	〈涇州塞〉	卷三百八十六，頁 4349	3
	〈征西將〉	卷三百八十四，頁 4308	4
劉禹錫	〈和令狐相公謝太原李侍中寄蒲桃〉	卷三百六十二，頁 4090	5
白居易	〈西涼伎〉	卷四百二十七，頁 4701	3
	〈縛戎人〉		4
	〈胡旋女〉	卷四百二十六，頁 4692	4
陳羽	〈從軍行〉	卷三百四十八，頁 3896	4
柳宗元	〈唐鐃歌鼓吹曲十二篇·李靖滅高昌為高昌第十一〉	卷三百五十，頁 3917	4
元稹	〈和李校書新題樂府十二首·縛戎人〉	卷四百十九，頁 4619	3
	〈和李校書新題樂府十二首·西涼伎〉	卷四百一十九，頁 4614	4
	〈和李校書新題樂府十二首·胡旋女〉	卷四百一十九，頁 4614	5
	〈感石榴二十韻〉	卷四百八，頁 4539	4
王建	〈送阿史那將軍安西迎舊使靈櫬（一作送史將軍）〉	卷三百，頁 3411	2
	〈秋夜曲二首〉	卷二十六，頁 367	4
	〈關山月〉	卷十八，頁 194	4
許渾	〈聽琵琶〉	卷五百三十八，頁 6139	4
曹唐	〈送康祭酒赴輪臺〉	卷六百四十，頁 7343	4
呂敞	〈龜茲聞鶯〉	卷七百八十二，頁 8836	4
趙嘏	〈昔昔鹽·恒斂千金笑〉	卷二十七，頁 376	4
	〈昔昔鹽·風月守空閨〉	卷二十七，頁 376	4
	〈昔昔鹽·一去無還意〉	卷二十七，頁 378	4
	〈送從翁中丞奉使黠戛斯六首〉	卷五百五十，頁 6373	4

雍裕之	〈五雜組〉	卷四百七十一，頁 5348	4
李商隱	〈漢南書事〉	卷五百四十，6206	4
	〈少將〉	卷五百三十九，頁 6162	4
李廓	〈雞鳴曲〉	卷二十九，頁 419	3
于濆	〈沙場夜〉	卷五百九十九，頁 6927	4
李頻	〈贈長城庾將軍〉	卷五百八十七，頁 6810	3
陸龜蒙	〈奉和襲美茶具十詠・茶甌〉	卷六百二十，頁 7140	4
	〈樂府雜詠六首・孤燭怨〉	卷六百二十七，頁 7204	4
曹松	〈塞上行〉	卷七百十六，頁 8225	3
貫休	〈遇五天僧入五臺五首〉	卷八百三十二，頁 9380	4
	〈出塞曲〉	卷十八，頁 187	4
張喬	〈贈邊將〉	卷六百三十八，頁 7306	4
	〈青鳥泉〉	卷六百三十九，頁 7333	4
方干	〈王將軍〉	卷六百五十一，頁 7473	4
韋莊	〈平陵老將〉	卷七百，頁 8043	4
陳陶	〈水調詞十首〉	卷七百四十六，頁 8490	4
胡曾	〈詠史詩・玉門關〉	卷六百四十七，頁 7425	4
	〈交河塞下曲〉	卷六百四十七，頁 7418	4
	〈獨不見〉	卷六百四十七，頁 7417	4
吳融	〈岐州安西門〉	卷六百八十七，頁 7892	3
鄭賞	〈天驥呈材〉	卷七百八十，頁 8818	4
沈彬	〈塞下三首〉之三	卷七百四十三，頁 8455	4
許棠	〈塞下二首〉	卷六百三，頁 6967	3
周樸	〈塞下曲〉	卷六百七十三，頁 7703	4
李士元	〈登單于臺〉	卷七百七十五，頁 8785	4
周存	〈西戎獻馬〉	卷二百八十八，頁 3288	5
敦煌人	〈白龍堆詠〉	《補編》，頁 79	4
	〈陽關戍詠〉	《補編》，頁 80	4
殷濟	〈言懷〉	《補編》，頁 922	5

喬知之	〈羸駿篇〉	卷八十一，頁 876	4
無名氏	〈簇拍六州〉	卷二十七，頁 384	4
無名氏	〈鎮西〉	卷二十七，頁 388	1
無名氏	〈徵步郎〉	卷二十七，頁 387	4
無名氏	〈薛將軍歌〉	卷八百七十四，頁 9895	4

附錄二：安西書寫相關記事年表 [註1]

高祖武德年間（618～626）

　　武德二年（620），唐與西突厥結盟抑制、削弱東突厥。

　　武德八年（625），西突厥遣使與唐和親，受東突厥全力阻截，導致東、西突厥全面戰爭爆發。

　　武德年間，高昌、龜茲遣使通唐獻物。

　　武德年間，駱賓王生。

太宗貞觀元年（627）

太宗貞觀二年（628）

　　貞觀二年，玄奘西行求法，抵伊吾，高昌國王麴文泰厚禮資送。

貞觀三年（629）

　　貞觀三年，吐蕃松贊干布繼立。

貞觀四年（630）

　　九月，伊吾城主石萬年入朝，舉其所屬七城來降，置西伊州，麴

〔註1〕此表歷史事件脈絡以《唐安西都護府史事編年》、《安西與北庭——唐代西陲邊政研究》、《唐詩大辭典》和各詩人詩集編年、年譜等為本。

文泰來朝，禮賜厚甚。

貞觀四年，李靖率軍北征，東突厥汗國滅亡，分支入西域。稱霸西域的西突厥統葉護可汗亡，兩廂部落各立首領，內戰不斷。龜茲等西域諸國遣使入唐，請臣獻貢。

貞觀五年（631）

貞觀五年，康國請臣獻獅子，于闐王遣子入侍，疏勒、安國等入獻。

貞觀六年（632）

貞觀六年，西伊州更名伊州。西突厥吞阿婁拔奚利邲咄陸可汗請臣於唐，接受唐朝冊封。

貞觀六年，焉耆、于闐國遣使來朝，焉耆請復隋亂關閉之大磧道，帝許之。

貞觀七年（633）

貞觀八年（634）

十一月，吐蕃遣使朝貢。

貞觀八年，唐遣使冊封西突厥咥利失可汗。

貞觀八年，盧照鄰約生於是年。李義府舉進士第，授門下省典儀。

貞觀九年（635）

貞觀九年，東突厥餘部都布可汗阿史那社爾自西域降唐。

貞觀十年（636）

貞觀十一年（637）

貞觀十二年（638）

虞世南卒。

貞觀十三年（639）

十二月前，西突厥失位國君阿婁拔奚利邲咄陸可汗阿史那泥孰降

唐，改譯爲阿史那彌射。乙毗咄陸可汗一統西突厥，派吐屯監國高昌，唆使麴氏王朝反唐。

十二月（640）唐頒詔伐高昌，發動交河道行軍，侯君集爲行軍大總管，有〈討高昌王麴文泰詔〉。

貞觀十四年（640）

八月八日，侯君集克高昌城。

八月十日，侯君集平高昌國。

八月二十八日前，魏徵諫阻置州縣，太宗不從。

八月二十八日，改西昌州置西州。

八月二十八日後，〈貞觀年中巡撫高昌文武詔〉。

九月九日，曲赦高昌部內。

九月二十　日，置安西都護府於交河城，虜高昌君臣豪右徙中國。

九月，置西州卜屬五縣。

九月，爲耆王遣使謝恩。

十二月五日，侯君集獻俘，以高昌王麴智盛爲左武衛將軍、金城郡公。

十二月五日後，得高昌樂工付太常，增九部樂爲十部，得高昌馬乳葡萄酒法。

貞觀十四年，西突厥葉護阿史那步眞舉可汗浮圖城降唐。

貞觀十五年（641）

貞觀十五年，唐文成公主入吐蕃和親。

貞觀十六年（642）

正月九日，遣使安撫西州，有〈貞觀年中巡撫高昌詔〉，時任安西都護爲喬師望。

正月十二日，募戍西州者。

正月十五日，徙天下罪囚充戍西州。

九月前，褚遂良上疏諫棄置西州事，不用。

九月二十日，郭孝恪行安西都護、西州刺史。

貞觀十六年，西突厥乙毗咄陸可汗寇邊，郭孝恪敗之，拔處月俟斤城。

貞觀十六年，僧萬回一日往返安西事跡約發生於是年。

貞觀十七年（643）

貞觀十八年（644）

二月十三日，給復突厥、高昌部人隸諸州者二年。

八月十一日——二十二日，西突厥與焉耆聯姻，相爲唇齒，遂不朝貢，郭孝恪伐焉耆。

八月，龜茲遣兵援焉耆。

九月十一日，驛報郭孝恪破焉耆。

九月十一日後，太宗遣使優勞郭孝恪。

九月十一日後，西突厥處那啜使攝焉耆，太宗譴責之。

十月十七日，太宗赦焉耆王突騎施。

貞觀十八年，玄奘經由高昌商侶進表，亦有〈答玄奘還至于闐國進表詔〉。

貞觀十八年，來濟任太子司議郎，兼崇賢館直學士。

貞觀十九年（645）

正月，玄奘抵長安。

二月——六月，阿史那忠出使西域，安撫處月、焉耆。

貞觀十九年，李嶠約於是年生。

貞觀二十年（646）

六月七日，西突厥乙毗射匱可汗遣使求婚，唐以割龜茲、于闐、疏勒、朱俱波、蔥嶺五國爲聘禮婉拒，兩方交惡。

貞觀二十一年（647）

五月，西突厥內戰激烈，失位國君乙毗咄陸可汗兵敗西奔，其部

阿史那賀魯率眾亦受逐於乙毗射匱可汗，

十二月二十六日（648），唐頒〈伐龜茲詔〉伐西突厥，以龜茲爲決戰地，以阿史那社爾爲昆山道行軍大總管。

十二月二十六日後，于闐王大懼，獻駝餒唐軍。

貞觀二十一年，楊師道卒。

貞觀二十二年（648）

二月，黠戛斯來降，置爲堅昆都督府。

四月二十五日，阿史那賀魯來降內屬，詔居庭州，阿史那賀魯請爲向導討龜茲。

七月十一日，西突厥相屈利啜請從討龜茲。

九月二日，阿史那社爾破處月、處蜜。

十月二十一日前，阿史那社爾追斬焉耆王，龜茲大震。

十月二十二日，阿史那社爾大破龜茲。

十月二十二日後，太宗聞捷宴群臣。

十一月，阿史那社爾圍撥換城。

閏十二月一日（649）阿史那社爾擒龜茲王。

閏十二月一日（649）後，郭孝恪陣亡。

閏十二月十四日（649），以阿史那賀魯爲泥伏沙鉢羅葉護招討西突厥。

閏十二月（649），阿史那社爾平龜茲。

閏十二月（649），于闐王伏闍信入朝。

貞觀二十二年，置龜茲都督府。

貞觀二十二年，黠戛斯與安西貿易，酋長獻方物來朝。

貞觀二十二年，王玄策等奉使中天竺，以書借鄰國兵平中天竺之亂。

貞觀二十三年（649）

正月六日——七日，阿史那社爾獻龜茲王，太宗責而釋之。

二月十一日，置瑤池都督府。

二月十三日，以阿史那賀魯為瑤池都督，處其部於治庭州西莫賀城。

五月，太宗崩，諡曰文皇帝。

七月六日，于闐王隨薛萬備入朝。

八月，太宗葬昭陵，刻于闐王等諸王石像陪立。

十一月二十三日，以瑤池都督阿史那賀魯為左驍衛大將軍。

貞觀二十三年，龜茲都督府、毗沙州創立。庭州創置於可汗浮圖城。

高宗永徽元年（650）

正月，改元永徽。

八月十六日，高宗復封訶黎布失畢為龜茲王，遣還國。

永徽元年，唐召阿史那賀魯子咥運入朝宿衛，又放歸。

永徽元年，阿史那賀魯謀襲西、庭二州。

永徽元年，張文琮拜戶部侍郎。

永徽二年（651）

正月二十一日，瑤池都督、沙缽羅葉護阿史那賀魯以府叛，阿史那賀魯建號泥伏沙缽羅可汗，陷金嶺，掠蒲類，圍庭州，徙牙千泉。

四月，詔加龍·突騎支右武衛將軍，遣還國復為焉耆王。

七月十六日，詔梁建方、契苾何力為弓月道行軍總管以討阿史那賀魯。

十一月十八日，麴智湛往西州任安西都護兼西州刺史。

十二月二十四日前，駱弘義獻計聯處月、處密等兵討阿史那賀魯。

十二月二十四日（652），處月朱邪孤殺招慰使單道惠，附阿史那賀魯。

永徽二年，大食遣使通唐。波斯王死，波斯大部為大食佔領，王子卑路斯退保木鹿。

永徽二年，來濟拜中書侍郎，兼弘文館學士，監修國史。劉希夷生。

永徽二年──永徽五年（654），盧照鄰拜鄧王府典籤。

永徽三年（652）

正月，弓月道行軍破處月、處密後返師。

十月，高宗釋梁建方等追討不進之罪。

永徽四年（653）

三月十三日，廢瑤池都督府。

永徽四年，西突厥乙毗咄陸可汗卒，其子契苾達度號眞珠葉護，通唐，請共擊阿史那賀魯。

永徽四年，崔融生。來濟進同中書門下三品。張文琮出爲建州刺史，後卒於官。

永徽五年（654）

永徽五年，以處月部置金滿洲，以射脾部置沙陀州。

永徽五年，燕然都護袁禮臣統九姓兵渠碎葉冊拜眞珠葉護可汗，其地已爲阿史那賀魯所據，未冊而歸。

永徽五年，木鹿爲大食所破，波斯王子卑路斯奔吐火羅，求援於唐。

永徽六年（655）

五月十四日，程知節爲蔥山道行軍大總管，統兵伐阿史那賀魯。

五月，程知節討阿史那賀魯不克。

十一月八日，唐遣元禮臣冊拜契苾達度爲可汗，行至碎葉城，受阿史那賀魯兵阻，未能冊拜而歸。

永徽六年，大食遣使通唐。

永輝六年，來濟遷中書令，檢校吏部尚書。

高宗顯慶元年（656）

正月，改元顯慶。

正月十一日，高宗為蔥山道行軍大總管程知節餞行。

八月九日，程知節敗阿史那賀魯所部於榆慕谷。

八月十三日，龜茲王白·訶黎布失畢入朝。

九月二十二日，程知節敗阿史那賀魯部於恒篤城。

十二月前，程知節、蘇定方並回紇大破阿史那賀魯於陰山、牙山。

十二月，戰鷹娑川程知節坐討逗留免官。

顯慶元年，龜茲叛將羯獵顛附於阿史那賀魯，楊冑伐之。

顯慶元年，來濟兼太子賓客，進爵南陽縣侯。郭震（字元振）生。

顯慶二年（657）

閏正月二十一日，發詔征猛士，以蘇定方為伊麗道行軍總管發北道；以西突厥降酋阿史那彌射、阿史那步真並為流沙道安撫大使，出南道；合攻阿史那賀魯。北路軍曳咥河決戰獲勝；南路軍雙河之戰亦捷，兩軍會師。

十二月三日前後，蘇定方敗阿史那賀魯於金牙山，阿史那賀魯逃石國被擒。

顯慶二年，來濟兼太子詹事，出為台州刺史。盧照鄰約於是年奉命出使益州，後歸長安，又赴襄陽。李義府遷中書令，進封河間郡公。

顯慶三年（658）

正月二十五日，楊冑敗龜茲叛將羯獵顛，復置龜茲都督府。

二月一日，冊立西突厥兩廂可汗兼都護名號，創立昆陵、濛池二羈縻都護府。

二月十七日，於西突厥分其種落，列置州縣，並隸安西都護府。

五月二日，移安西都護府於龜茲，舊安西府復為西州都督府。

十一月十五日，肖嗣業獻阿史那賀魯於昭陵，詔特免賀魯死。

十一月十七日，蘇定方獻阿史那賀魯於太廟，高宗責而赦之。

　　顯慶三年，遣使分往吐火羅等西域各國，令許敬宗撰《西域圖誌》。

　　顯慶三年，安西爲大都護府，建立安西四鎮守軍。以安國置安息州、木鹿州，米國置南謐州，史國置佉沙州，護密置鳥飛州，石國置大宛都督府，拔汗那置休循州都督府，吐火羅置月氏都督府，康國置康居都督府，帆延國爲寫鳳都督府，以罽賓國爲修鮮都督府。

顯慶四年（659）

　　正月，西蕃部落所置州府各給印契。

　　三月五日，昆陵都護阿史那彌射敗西突厥眞珠葉護於雙河。

　　七月——八月，裴行儉左除西州都督府長史。

　　九月，詔石、米、史、安、曹、拔汗那等國置州縣府。

　　十一月二十一日，蘇定方擒叛將思結闕俟斤都曼，蔥嶺以西悉定。

　　顯慶四年，盧照鄰約在是年隨鄧王在襄州，奉命出使磧西，以故未成行。

顯慶五年（660）

　　正月二日，蘇定方獻思結闕俟斤都曼，高宗赦之。

　　吐火羅王子朝獻。

　　顯慶五年，來濟徙庭州刺史，赴安西，有詩〈出玉關〉。駱賓王約於是年爲道王李元慶府屬。盧照鄰是年前後出鄧王府，供職秘書省。

高宗顯慶六年、龍朔元年（661）

　　三月，改元龍朔。

　　三月一日，高宗召蘇定方、阿史那忠、于闐王、許敬宗等觀武舞。

　　六月十七日，王名遠進《西域圖記》，並請於吐火羅立碑。

　　六月十九日，所置烏滸水域十六都督府、八十州、一百一十縣、一百二十六軍府皆隸於安西都護府，於吐火羅立碑紀之。授吐火羅烏涇波使持節月氏等二十五州諸軍事兼月氏都督。授罽賓國王修鮮等十一州諸軍事兼修鮮都督。以疾陵城爲波斯都督府。

龍朔二年（662）

正月二十一日，立波斯都督卑路斯為波斯王。

十月——十二月，吐蕃唆使弓月、龜茲、疏勒叛唐，安西大都護楊胄戰歿，唐以蘇海政為颭海道行軍大總管討之，興昔亡可汗阿史那彌射、繼往絕可汗阿史那步真發兵從之。阿史那步真誣阿史那彌射謀反，蘇海政殺阿史那彌射，其部叛走，追討平之。軍還至疏勒南，弓月引吐蕃兵來戰，約和而還。左廂首領阿史那都支自立為可汗。

龍朔二年，來濟率兵抗西突厥部，卒於陣中。

龍朔三年（663）

十二月（664）二十三日，安西都護高賢擊弓月救于闐。

龍朔三年，李義府遷右相。坐贓除名，長流巂州。

龍朔中（661～663），大食擊破波斯。

龍朔中（661～663），盧照鄰遷益州新都尉，秩滿，留蜀中。

高宗麟德元年（664）

正月，改元麟德。

麟德二年（665）

閏三月，疏勒、弓月、吐蕃侵于闐，崔知辯、曹繼叔統兵救之。

麟德二年，裴行儉拜安西大都護。

麟德二年，吐火羅獻瑪瑙燈樹。

高宗乾封元年（666）

正月，改元乾封。

乾封元年，《西國志》畫圖集四十卷修訖。

乾封元年，李義府卒。

乾封二年（667）

十月，波斯國獻方物。

乾封二年，大食破吐火羅，波斯王卑路斯亡奔入唐。

乾封二年，阿史那步眞卒，部將李遮匐率西突厥右廂部落叛唐附吐蕃。

乾封二年，張說生。駱賓王以對策入選，授奉禮郎，旋爲東臺詳正學士。

乾封二年——總章元年（668），安西都護陶大有。

高宗乾封三年、總章元年（668）

正月五日，瀚海都護劉審禮爲西域道安撫大使。

二月，改元總章。

總章元年——咸亨二年（671）安西都護郭寶亮。

總章二年（669）

高宗總章三年、咸亨元年（670）

三月，改元咸亨。

三月，罽賓國獻方物。

四月一日，吐蕃陷龜茲撥換城。

四月二十二日，罷安西四鎮，都護府還治西州。

四月，以薛仁貴爲邏安道行軍大總管伐吐蕃，兵敗大非川。

咸亨元年，阿史那忠爲西域道安撫大使兼行軍總管。

咸亨元年，蘇頲生。

咸亨二年（671）

三月，拔汗那、吐火羅來朝。

四月十八日，以阿史那都支爲左驍衛大將軍兼匐延都督。

五月，吐火羅、波斯、康國、罽賓國來朝。

八月，鳩密國、富那國，遣使來朝。

咸亨二年，崔湜生。

咸亨三年（672）

咸亨三年前後，盧照鄰居洛陽，染風疾，入長安從孫思邈問醫，

又入太白山養病，服藥不精，遂罹痼疾。許敬宗卒。

咸亨四年（673）

十二月（674）二十五日，上遣肖嗣業發兵討弓月、疏勒，二王入朝請降。建立毗沙、龜茲、焉耆、疏勒四鎮羈縻都督府。

咸亨四年，郭元振登進士第，任通泉尉。

高宗咸亨五年、上元元年（674）

八月，改元上元。

十二月（675）十三日，于闐王伏闍雄來朝。

十二月（675）十六日，波斯王卑路斯來朝。

上元二年（675）

正月二十一日，以于闐爲毘沙都督府。

正月二十五日，龜茲王、拔汗那王獻物。

十二月（676）十八日，龜茲王白素稽獻名馬。

上元二年，吐蕃遣使議和，爲唐拒絕。

上元二年，劉希夷進士第。

上元中，置疏勒、焉耆二都督府。

上元二年——上元三年（675），李嶠舉制策甲科。

高宗上元三年、儀鳳元年（676）

上元三年，駱賓王約於是年被裴行儉舉薦爲書記，駱賓王事母未赴，調長安主簿。崔融中辭殫文律科及第。

十一月，改元儀鳳。

儀鳳二年（677）

四月，于闐獻方物。

儀鳳二年，吐蕃攻焉耆以西，四鎮皆沒。

儀鳳二年，波斯王卑路斯身沒，裴行儉設計冊送質子泥涅師爲波斯王，裴爲安撫大食使。

儀鳳二年——儀鳳三年（678），唐下詔征猛士。

儀鳳三年（678）

儀鳳三年，以中書令李敬玄爲洮河道行軍大總管，劉審禮爲副，伐吐蕃。劉審禮戰死青海，兵又敗。

儀鳳三年，裴行儉冊送波斯王子，至碎葉而還，王子獨返，其國爲大食滅，不得入，客居吐火羅二十年。

儀鳳三年前後，駱賓王赴安西，入裴行儉幕，有〈詠懷古意上裴侍郎〉、〈從軍中行路難二首〉之二、〈晚度天山有懷京邑〉、〈夕次蒲類津〉、〈久戍邊城有懷京邑〉、〈邊城落日〉，後入蜀及雲南。

儀鳳三年，張九齡生。

儀鳳三年——開耀元年（681），盧照鄰移居東龍門山，學道調疾。

高宗儀鳳四年、調露元年（679）

六月，改元調露。

六月，裴行儉奏王方翼爲副，兼檢校安西都護，故安西都護杜懷寶爲庭州刺使。

七月，裴行儉計擒兩廂可汗阿史那都支、李遮匐。

九月，裴行儉俘阿史那都支及李遮匐歸京。

九月，王方翼筑碎葉鎮城畢，後與庭州杜懷寶任職對調。

十月，康國、拔汗那、護密國各遣使朝貢。

十一月六日，高宗勞宴裴行儉。

冬，駱賓王約於是年因數上疏言事，獲罪下獄。

調露元年，以碎葉、龜茲、于闐、疏勒爲四鎮，以碎葉代焉耆備鎮。

調露元年，單于大都護府東突厥降部暴動。

高宗調露二年、永隆元年（680）

四月二十九日，高宗宴慶裴行儉邊功。

八月，改元永隆。

秋，駱賓王為臨海丞。

高宗永隆二年、開耀元年（681）

五月，大食、吐火羅各遣使獻馬及方物。

九月，改元開耀。

十二月，吐火羅進金衣，不受。

高宗開耀二年、永淳元年（682）

二月，改元永淳。

四月八日，十姓突厥阿史那車薄反叛，以裴行儉為金牙道行軍大總管討之。

四月二十八日，裴行儉未行而卒。

四月——七月後，王方翼破阿史那車薄、三姓咽面聯軍於熱海。

五月——十二月，大食、波斯、石國、于闐等遣使獻方物。

永淳元年，（後）東突厥汗國建立，阿史那骨咄祿建號頡跌利施可汗。

高宗永淳二年、弘道元年（683）

十二月，改元弘道。

中宗嗣聖元年、睿宗文明元年、睿宗光宅元年（684）

正月，改元嗣聖。

二月，改元文明。

九月，改元光宅。

文明元年，徐敬業起兵，駱賓王作檄傳天下，徐敗死，駱賓王被殺或逃亡。

睿宗垂拱元年（685）

正月，改元垂拱。

九月後，王果為安西大都護。

十一月，阿史那元慶兼昆陵都護襲興昔亡可汗。

垂拱元年，田揚名發金山道十姓兵討突厥九姓與吐蕃叛亂。

垂拱元年，喬知之隨左豹韜衛將軍北征同羅、僕固。

垂拱二年（686）

九月十日，阿史那斛瑟羅兼濛池都護襲繼往絕可汗。

十一月前，金牙道、疏勒道行軍。

十一月三日前，金牙軍拔四鎮。

垂拱二年，蘇頲舉進士第，授烏城縣尉。盧照鄰約於是年自沉潁水。

垂拱三年（687）

正月，于闐王伏闍雄來朝。

十二月（688）二日，命韋待價為安息道大總管，安西大都護閻溫古為副，以擊吐蕃，歷時一年半。崔融隨之赴安西，為掌書記，有詩〈擬古〉等。

垂拱三年，吐蕃欽陵領兵赴安西。

垂拱四年（688）

正月——二月，崔融〈從軍行〉。

三月——四月，崔融〈西征軍行遇風〉、〈關山月〉、〈塞上寄內〉。

垂拱中（685～688），唐休璟遷安西副都護。

睿宗永昌元年（689）

正月，改元永昌。

五月前，吐蕃先攻西域，陷四鎮，臨敦煌。

五月五日，韋待價軍兵敗寅識迦河。

七月二十六日，韋待價配流繡州，閻溫古處斬。

七月二十六日後，唐休璟收余眾，以安西土，請謀復取四鎮，安西還原為都護府，返治西州。復置西州都督府，治庭州。

十月十六日，武氏廢唐興周。

永昌元年，吐蕃欽陵自安西引兵還。

改永昌元年十一月爲載初元年正月。

睿宗載初元年、則天后天授元年（690）

九月前，張說應詔舉，對策天下第一，授太子校書。

九月，改元天授。

十月，西突厥十姓因垂拱以來爲（後）東突厥所侵，濛池都護繼往絕可汗阿史那斛瑟羅收餘眾入居內地，改號竭忠事主可汗。

天授元年，李頎約生於是年。崔湜舉進士第。

天授二年（691）

十二月，于闐王伏闍雄卒，立其子璥爲王。

天授二年，命文昌右相岑長倩爲武威道行軍大總管擊突厥，未行。

天授二年，（後）東突厥將阿史那德元珍已攻奪碎葉，突騎施烏質勒復予奪回，徙以爲突騎施牙庭。

則天后天授三年、如意元年、長壽元年（692）

三月，五天竺國國王、龜茲國王來朝。

四月改元如意。

四月——九月，昆陵都護興昔亡可汗阿史那元慶被來俊臣誣害。後阿史那元慶長子阿史那俊子奔吐蕃，冊爲十姓可汗。

九月改元長壽。

九月，罽賓國遣使朝貢。

十月二十五日，以王孝傑爲武威道行軍總管，率阿史那忠節等，會唐休璟，大破吐蕃，光復龜茲、于闐、疏勒、碎葉四鎮。

長壽二年（693）

春，依前於龜茲復置安西大都護府，拜許欽明爲安西大都護。

十一月一日後，征發內地精兵三萬鎮守。

則天后長壽三年、延載元年（694）

二月，吐蕃聯兵阿史那俀子犯四鎮，爲王孝傑、韓思忠所敗。

五月，改元延載。

則天后證聖元年、天冊萬歲元年（695）

正月，改元證聖。

三月十四日前，武后遣使往于闐求索梵文佛經。

萬歲通天元年前，許欽明歷任安西大都護。

九月改元天冊萬歲。

十二月，改元萬歲登封。

則天后萬歲登封元年、萬歲通天元年（696）

三月二十一日後，請卻大食國獻獅子。

三月，改元萬歲通天。

三月，吐蕃欽陵敗王孝傑於素羅汗山，進逼涼州，許欽明被殺。

九月，冊封篤婆鉢提爲康國王。

萬歲通天元年，蘇頲應賢良方正科登第。孫逖生。喬知之隨建安王武攸宜擊契丹。

則天后萬歲通天二年、神功元年（697）

二月，蔥嶺諸國遣使貢方物。

四月，安國獻兩頭犬。

九月，改元神功。

九月後，吐蕃遣使請和，詔郭元振（名震）往使，郭元振面駁吐蕃請去安西四鎮兵、分十姓之地。郭元振以計離間吐蕃君臣，有〈論去四鎮兵疏〉、〈離間欽陵疏〉。

閏十月二十一日，狄仁傑〈言疏勒等凋敝疏〉，請廢安西四鎮。

閏十月二十一日後，崔融〈拔四鎮議〉，請不拔安西四鎮。

神功元年，喬知之約於是年卒。

則天后聖曆元年（698）

正月，改元聖曆。

四月，疏勒國王裴夷健遣使朝貢。

七月，康國王篤婆鉢提卒，冊立其子泥祖師師為王。

九月，鄭孝本轉安西都護因疾不赴。

十二月，默啜遣使朝貢。

聖曆元年，欽陵率軍攻四鎮，擒唐軍元帥都府使，卻歸而被殺。噶爾家族覆滅，器弩悉弄贊普親政，吐蕃退出四鎮，十姓爭奪。

則天后聖曆元年，李嶠官至鳳閣鸞臺平章事。

聖曆二年（699）

八月十二日，（後）東突厥汗國默啜可汗冊拜其子匐俱為拓西可汗，侄默矩為右廂察，統兵攻陷碎葉。已而復為突騎施烏質勒奪回，遣次子遮弩來朝，遣解琬安撫烏質勒及十姓部落。烏質勒移衛於碎葉，武后授以瑤池都督。

十月後，欽陵弟贊婆來降，尋終，贈特進、安西大都護。

十二月十日，阿史那斛瑟羅為平西道大總管，鎮碎葉。

聖曆二年，西突厥阿悉吉薄露（阿史那撥布）叛，朝於吐蕃。

聖曆二年，崔融出為婺州長史，尋召為春宮郎中，知制誥事。

聖曆二年——神龍二年（706），高適生。

聖曆二年——景龍二年（708）解琬以功擢御史中丞，兼北庭都護、持節西域安撫使。

則天后聖曆三年、久視元年（700）

三月十二日，涼州赤水軍聲援安西。

五月，改元久視。

七月，謝䫻國獻方物。

九月，安西都護田揚名、西州都督封思業與阿史那斛瑟羅、忠節討阿悉吉薄露。

則天后久視二年、大足元年、長安元年（701）

正月，改元大足。

十月，改元長安。

長安元年，王維生，李白生。

長安二年（702）

九月十九日，宴吐蕃使者，時涼州都督唐休璟入朝，吐蕃使者敬畏之。

十二月十六日，置北庭都護府於庭州，初隸於涼州都督府。

長安二年前後，高耀一歲，祖父高德方守安西副都護。

長安二年以後，高耀父玄琇守北庭副都護。

長安二年，置輪臺縣。

長安二年，張九齡登進士第。崔融遷鳳閣舍人，改司禮少卿。

長安三年（703）

七月二十一日，唐休璟諳練邊事。

七月，烏質勒攻得碎葉，盡並阿史那斛瑟羅地。

長安三年，阿史那元慶子阿史那獻襲父爵興昔亡可汗，充安撫招慰十姓大使、北庭大都護。

長安三年，兵部舉試策問三道之一：「安西多寇有策存乎」。

長安四年（704）

正月十日，冊立阿史那斛瑟羅之子阿史那懷道爲十姓可汗，兼濛池都護。

則天后時，安西都護公孫雅靖。

則天后時——開元十四年（726），安西都護田揚名、郭元振、張孝嵩、杜暹等皆有政績。

則天后長安五年、中宗神龍元年（705）

長安五年——景龍四年（710），張宣明約在此期間爲郭元振判

官，並出使三姓咽面，有詩〈使至三姓咽面〉。

> 按：史載張宣明嘗爲郭元振判官，據《唐安西都護府
> 史事編年》記則天后至開元十四年（726）郭元振曾在此期
> 間爲安西都護；《安西與北庭》亦記郭元振爲安西大都護時
> 間爲 705～701、708～710 兩段，故將此事此詩繫於此。

正月，改元神龍，興唐廢周。

正月後，張說召拜兵部員外郎，累轉工部侍郎、兵部侍郎，兼修文館學士。

神龍元年，北庭都護府移隸安西大都護府治下。

神龍元年，時任安西大都護郭元振討西夷。

神龍元年，吐火羅王那都泥利遣弟仆羅入朝留宿衛。屈底波出任大食呼羅珊總督，全力進行河外征服。

神龍元年，崔融因附張易之被貶爲袁州刺史，尋召拜國子司業，兼修國史。

神龍初，崔湜轉考功員外郎。

神龍二年（706）

閏正月二十九日，以突騎施酋長烏質勒爲懷德郡王。

五月，于闐質子捨官爲僧譯經。

六月十二日，趙臣禮復授招慰仆羅大使。

七月，波斯國遣使貢獻。

十一月，郭元振立雪會談，烏質勒凍病而亡。

十二月（707）十日，烏質勒子婆葛代父統兵。

神龍二年，唐、吐蕃簽署神龍界約。

神龍二年，李嶠爲中書令。崔融以預修《則天實錄》成，封清河縣子，是年卒，追贈衛州刺史，諡曰文。

中宗神龍三年、景龍元年（707）

六月，康國王遣使獻方物。

九月前，張九齡授祕書省校書郎。

九月，改元景龍。

九月後，李嶠坐附張易之，貶通州刺史，未幾召回，授禮部侍郎。

神龍三年，波斯王泥涅師反大食活動失敗，返唐。

神龍中，蘇頲遷中書舍人。

神龍後，黑衣大食漸併諸國。

景龍二年（708）

三月，波斯遣使來朝。

七月七日，突厥鼠泥施首領參有及突騎施首領賀勒哥羅來降。

十一月二日前，郭元振率軍治安西南部毒河，改以良田。

十一月二日前，娑葛與故將阿史那忠節不和，屢相侵擾，安西大都護郭元振有〈論闕啜忠節疏〉，力主改討爲撫。

十一月二十五日前，周以悌爲四鎮經略使，爲阿史那忠節謀劃賄賂宰臣宗楚客，使忠節可不入朝爲宿衛，而奏請發兵討娑葛，不納郭元振奏疏。

十一月二十五日，娑葛知宗楚客謀，殺安西副都護牛師獎，擒阿史那忠節，殺持節安撫忠節使者馮嘉賓，娑葛自立爲可汗，斷四鎮路。

十一月二十五日後，宗楚客受賄誣郭元振謀反，朝中狄仁傑等二十五人抗表請保。

十一月前後，磧西支都營田判官拒宗楚客賄。

景龍三年（709）

正月，龜茲遣使貢方物。

二月九日，崔琬對仗彈劾宗楚客、紀處納。

四月十二日，濛池都護、十姓可汗阿史那懷道加特進。

七月二日，娑葛遣使請降。

七月二十六日，拜娑葛爲突騎施欽化可汗，賜名守忠。

七月二十八日，冊突騎施守忠爲歸化可汗。

十一月，金城公主赴吐蕃帶龜茲樂。

景龍三年，北庭都護府約於是年升為大都護府，與安西大都護府分治天山南北。

景龍三年，黠戛斯使者入唐，中宗厚結之，締結共伐（後）東突厥汗國的盟約。

景龍三年，鄭愔以禮部侍郎同中書門下平章事，坐貶江州司馬，俄而復用。李嶠為兵部尚書，同中書門下三品。崔湜拜中書侍郎、同中書門下平章事，後貶襄州刺史，未幾入為尚書左丞。

中宗景龍四年、睿宗景雲元年（710）

五月十五日，有〈命呂休璟等北伐制〉，三路大軍北伐默啜。中宗死，睿宗立，北伐計劃流產。

六月，睿宗立，拜郭元振為太僕卿，安西官民請留郭元振。

六月後，李嶠附韋后、武三思，貶懷州刺史。崔湜出為華州刺史，又入為太子詹事。

七月，改元景雲。

十月，謝䫻、罽賓國遣使貢方物，欽化可汗突騎施守忠遣使來朝。

十二月二十三日（711）于闐僧實叉難陀圓寂，敕使安西副都護哥舒道元護靈歸于闐。

十二月，唐遣鄯州都督楊矩持節送金城公主入吐蕃和親。吐蕃厚遺楊矩，楊矩奏與之河西九曲地，導致神龍盟約失效。

景雲元年，安西都護領四鎮經略大使。

景雲元年，鄭愔預譙王李重福謀，被誅。錢起約於是年生。

景雲二年（711）

閏六月十日，安西依舊給傳驛。

十二月二日（712），以興昔亡可汗阿史那獻為十姓招慰使。

冬，默啜可汗親統兵破黠戛斯，殺其可汗，其侄默矩、闕特勤又

破突騎施，殺娑葛，進軍河中，兵逼鐵門，終爲大食逐走。

景雲二年，張說進同中書門下平章事，監修國史。

中宗景雲三年、太極元年、延和元年、玄宗先天元年（712）

正月，改元太極。

五月，改元延和。

八月，改元先天。

八月後，李嶠貶滁州別駕，後卒於官。張說爲中書令，封燕國公，後與姚崇不和，罷爲相州、岳州刺史。

九月——十一月，突騎施守忠等突厥部並遣使來朝。

先天元年十一月，阿史那獻任北庭大都護，領伊西節度使、瀚海軍使。

先天元年，杜甫生。張九齡應侔伊呂科對策高第，遷左拾遺。崔湜拜中書令。

先天初，蘇頲擢中書侍郎，襲封許國公。

玄宗先天二年、開元元年（713）

正月——二月，突厥、處月、焉耆、于闐等各遣使朝貢，太上皇皆見之。

先天二年，默啜攻陷蒲類縣，吐蕃圍柳中縣。

先天二年，郭元振再拜相，並輔君誅殺太平公主，進封代國公。不久驪山閱武，因軍容不整之罪流放新州，開元後改赴任饒州司馬途中卒。崔湜以預逆謀，流徙嶺外，行至荊州，賜死。

十二月，改元開元。

開元初，封莫賀咄吐屯爲石國王。

開元初，李元紘爲萬年縣令，擢京兆尹，歷工、兵、吏、戶部侍郎。

開元二年前，疏勒道行軍。

開元二年（714）

二月，突厥遣使來朝，帝見之。

三月十二日前，設磧西節度使，阿史那獻領之。

三月十二日，阿史那獻擒西突厥十姓叛酋都擔，收碎葉。

三月十六日，賞安西等軍魚袋。

五月二十三日，吐蕃書請解琬定界。

五月二十三日後，授解琬左散騎常侍，令與吐蕃定界，兼處置十姓降戶。

六月十二日，璽書嘉慰北庭大都護、瀚海軍使阿史那獻。

十月，突厥十姓胡祿屋等部詣北庭請降，敕郭虔瓘存恤。

十一月十二日，遣解琬詣北庭宣慰突厥降者。

開元二年，北庭都護郭虔瓘破（後）東突厥，斬其主將同俄特勤，郭知運守柳中，亦圍解，諸將皆傳諭嘉獎。

開元二年，孫逖舉哲人奇士科，授山陰尉。後又舉賢良方正科。張宣明約於是年前後，往蜀中考察地理民情，勸免蜀人苦役。

開元三年（715）

五月十二日，默啜屢擊葛邏祿、胡祿屋、鼠尼施等內屬部落，以阿史那獻為定遠道大總管，北庭都護湯嘉惠等共擊默啜。

五月十二日後，授阿史那獻特進。

五月，突厥降萬餘帳，時任安西都護呂休璟。

十月十八日前，郭虔瓘入朝獻俘，湯嘉惠繼主北庭，吐蕃、突厥部聯兵再犯庭州，未逞。

十月十八日，安西副大都護郭虔瓘封潞國公。

十一月十九日，諫止郭虔瓘募萬人詣安西。

十一月，拔汗那內附歲久，吐蕃與大食共立新王，拔汗那王奔於安西求救，監察御史張孝嵩救拔汗那，威振西域，大食、康居、大宛、罽賓等八國皆遣使請降。

開元三年，突騎施守忠既死，其車鼻施部將車鼻施啜蘇祿爲酋長，遣使來朝，授蘇祿爲左羽林大將軍、金方道經略大使。

開元三年，岑參約於是年生。

開元四年（716）

正月，玄宗第三子陝王嗣昇（後名亨）遙領安西大都護，郭虔瓘爲之副。親王遙領安西大都護制確立，北庭降爲都護府。玄宗長子嗣直（後名琮）遙領安西大都護，仍充安撫河東、關內、隴右諸蕃大使。

開元四年，安西大都護領四鎮諸蕃落大使。

開元四年，監察御史杜暹復屯磧西，安西副都護郭虔瓘、西突厥可汗阿史那獻、鎮守使劉遐慶更相訟，杜暹授詔至突騎施，不受其金。

開元四年，（後）東突厥汗國默啜可汗政權覆亡。

開元四年，郭虔瓘伐大食，亦以失敗告終。

開元四年，蘇頲遷紫微侍郎，同紫薇黃門平章事，爲相四年。

開元五年（717）

三月，安國、康國遣使獻方物。

五月二十七日，冊命勃律國王蘇弗舍利支離泥。

五月，突騎施酋蘇祿部眾浸強，有窺邊之志，阿史那獻欲擊蘇祿，上不許。

五月，發佈《鎮兵以四年爲限詔》。

六月，郭虔瓘與阿史那獻數持異，交訴諸朝，上勸解、賞賜郭虔瓘。

六月，突騎施獻駝、馬，上降書不受。于闐獻馬、野駝等。

七月，蘇祿圍撥換及大石城，會湯嘉惠拜安西副大都護，聯合阿史那獻與三姓葛邏祿擊之，朝廷暫緩遣使撫慰車鼻施。

開元五年，玄宗卻康國、安國、突騎施珍異貢獻。

開元六年（718）

正月六日，（後）東突厥毗伽可汗來請和。

二月十三日，米國、石國遣使來朝。

三月，安西都護領四鎮節度、支度經略使，副大都護領磧西節度、支度經略等使，湯嘉惠除四鎮節度、經略使。

四月，米國遣使獻物。

五月十八日，封突騎施蘇祿爲順國公。

十一月十七日，吐火羅阿史特勒仆羅有《訴授官不當上書》，爲兄請遷。

開元六年，康國遣使貢物。

開元七年（719）

正月六日，波斯國遣使獻方物。

正月，突騎施蘇祿、波斯朝貢，石拂林國遣吐火羅國大首領獻獅子、零羊。

二月九日，俱密國上表請討大食。

二月十一日，康國王上表請發漢兵抗大食。

二月，俱密、康、安等國上表言大食侵略，乞援。

二月，安國王篤薩波提遣使上表。

二月——四月，波斯、安國獻方物，吐火羅、俱密朝貢，帝宴賜。

五月，俱密國獻胡旋女子及方物。

六月，吐火羅、康國朝貢，吐火羅獻異人。

七月，龜茲王白莫苾卒，子孝節立。

七月，波斯遣使朝貢。

十月二十九日，冊金方道經略大使突騎施蘇祿爲忠順可汗。

開元七年，安西節度使與北庭節度使初置，磧西節度使再廢。

開元七年，焉耆王龍懶突死，焉吐拂延立。十姓可汗阿史那懷道請居碎葉。安西節度使湯嘉惠表以焉耆備四鎮，以輪臺爲北道商稅關卡，許之。

開元七年，罽賓國貢天文經、藥方等。

開元七年（719）——開元十二年（724），張孝嵩爲安西都護。

開元七年，高適約於是年初遊長安。

開元八年（720）

正月，蘇頲罷相，爲禮部尚書。

二月，罽賓國進天文經、方藥等物。

三月三日，封護密王並賜物。

四月二十四日，遣使冊立烏長、骨咄、俱立等國王，因其拒大食誘叛。

六月，吐火羅國獻馬、驢及異藥。

九月，遣使冊謝䫻國王、罽賓國王。

九月，罽賓國獻馬，謝䫻國來朝。

十二月，石國、謝䫻國來朝。

開元九年（721）

二月，石國朝貢，處密國獻駝及馬。

六月，龜茲王白孝節獻馬及狗。

開元九年，石國王曰伊吐屯屈勒。

開元九年，王維進士及第，授太樂丞，尋謫濟州司倉參軍。李白隱居岷山之陽。張說拜兵部尚書，同中書門下三品，監修國史，又除中書令，加集賢院學士，知院事等。

開元十年（722）

三月九日，許波斯國王勃善活乞一員漢官。

九月十五日，吐蕃攻小勃律，張孝嵩遣副使張思禮擊之。

十二月三日（723），以十姓可汗阿史那懷道女爲交河公主嫁蘇祿。

開元十年，孫逖登文藻宏麗科，授左拾遺，後張說遷之爲左補闕。

開元十年——天寶六載（747），波斯凡十遣使來朝獻物。

開元十一年（723）

十一月十六日，《南郊赦書》，磧西鎮人賜勛一轉。

開元十一年前後，高適在長安，後歸梁宋。

開元十二年（724）

三月五日，安西都護張孝嵩遷爲太原尹，杜暹爲安西副大都護、磧西節度大使，磧西節度使再置。

三月，大食獻馬及龍腦香。

四月，《減抵罪人決杖法詔》，犯盜從寬，移隸磧西。

四月，康國獻侏儒、馬、狗。

七月，吐火羅獻胡藥數百品。

十月十一日，謝颶王遣使上書，曰金城公主密遣使赴箇失密，欲奔其國，經謝颶歸唐。

開元十二年，蘇祿奉詔遣子爾微特勤救東拔汗那，大敗大食，史稱渴水日之戰。

開元十二年，李白出蜀漫遊。

開元十二年後，安西四鎮節度使稱磧西節度或四鎮節度。

開元十三年（725）

三月，大食遣使獻方物。

七月二十七日，波斯來朝，授折衝留宿衛。

開元十三年，安西副大都護杜暹平于闐王尉遲眺叛亂。

開元十三年，李白出遊，後居安陵。

開元十四年（726）

二月，安國獻豹。

五月，安國王遣弟來朝獻馬及豹。

九月前，杜暹斥交河公主，蘇祿怒掠四鎮。

九月前，杜暹甚得夷夏之心。

九月十五日，杜暹入相。

九月後，趙頤貞代杜暹爲安西都護，蘇祿退兵。

十一月五日，吐火羅國來朝授將，康國獻豹及方物。

開元十四年，張說〈送趙頤貞郎中試安西副大都護〉

開元十四年，張九齡〈送趙都護赴安西〉。

開元十四年，孫逖〈送趙都護赴安西〉。

開元十四年，盧象〈送趙都護赴安西〉。

開元十四年，敕車政道往于闐摹天王像。

開元十四年，王維秩滿離任，游宦淇上，遂隱於淇。劉長卿約生於是年。李元紘拜中書侍郎、同中書門下平章事，封清水縣男。

開元十五年（727）

二月，分安西、北庭爲兩節度。

三月，〈敕吐蕃贊普書〉，四鎮表奏吐蕃交通突騎施蘇祿擾邊。

五月一日，延王洄遙領安西大都護、磧西節度大使。

五月，康、史、安等國獻胡旋女子及豹、馬、酒等。

七月，突厥獻馬及波斯錦，史國獻胡旋女子及豹。

閏九月二日，突騎施蘇祿、吐蕃圍安西，趙頤貞擊走之。

閏九月二日後，〈賀退賊狀〉。

閏九月，回紇斷安西路，回紇自開元中漸盛。

閏九月——十一月，《往五天竺國傳》中，慧超述蔥嶺以東四鎮行程，途中有〈逢漢使入蕃略題四韻〉、〈冬日在吐火羅逢雪述懷〉。

開元十五年，吐火羅上表求援抗大食。

開元十五年，王昌齡進士及第，補秘書省校書郎。蘇頲卒。孫逖在太原李暠幕府任職。

開元十六年（728）

正月五日，安西副大都護趙頤貞破吐蕃於曲子城。

正月十四日，遣使冊疏勒國王裴安定。

正月十四日，〈冊于闐王尉遲伏師文〉。

正月十四日，喬夢松出使安西冊立疏勒、于闐二王。

四月三日，護密國王遣米國大首領獻方物授將。

七月，〈討吐蕃制〉，勵河西、隴右、安西、劍南等軍。

十一月十七日，右羽林軍大將軍兼安西副大都護、四鎮節度等副大使謝知信卒。

開元十六年，蘇祿攻入烏滸水域，波斯王勃善活起兵響應，兵敗。

開元十七年（729）

正月十九日——二十三日，骨咄、米國獻物，賜帛。

正月，冊吐火羅骨咄錄頡達度爲葉護。

三月十二日，護密國、吐火羅、骨咄國來朝。

七月，吐火羅使僧獻藥。

九月八日，大食獻物，賜帛。

十一月二十二日，〈謁陵大赦文〉，配隸磧西、瓜州者宜放還。

開元十七年，安西都護趙含章行賄。

開元十七年，吐蕃引兵赴突厥地。

開元十七年，李元紘出爲曹州刺史，以疾去官，後以戶部尚書致仕。王維是年前後回長安閒居學佛。鮑防生。

開元十八年（730）

正月，波斯王子來朝獻香藥，波斯遣使來朝賀正。

四月，米國、石國、突厥等朝貢，賜帛還蕃。

五月，吐火羅僧獻香藥等。

十一月四日，護密王羅眞檀入朝留宿衛。

十一月十四日，波斯首領獻方物，授折衝留宿衛。

十一月，安西等邊州不在朝集之例。

開元十八年，來曜爲安西副都護、持節磧西副大使、四鎮節度使，崔永爲安西節度判官，崔克讓爲安西司戶。

開元十八年，李嗣業從來曜討蘇祿。

開元十八年，贈王海賓安西大都護。

開元十八年，龜茲王白孝節遣弟孝義來朝。

開元十八年，突騎施蘇祿、突厥使者爭短長。

開元十八年，唐與吐蕃議和談判重開。

開元十八年，東天竺國僧法月至龜茲國，安西節度使呂休林表薦其入朝。

開元十八年，陶翰進士及第。高適約於是年北遊燕趙。孫逖入為集賢院學士。張說卒，諡文貞。

開元十九年（731）

四月，許康國王烏勒請冊其子咄褐為曹國王、默啜為米國王。

四月，冊小勃律難泥繼立為土。

開元十八年，合安四、北庭—節度為安四四鎮北庭經略、節度使。

開元十九年，杜甫遊吳越。陶翰中博學宏詞科。

開元二十年（732）

九月十日，波斯遣首領班密與大德僧來朝。

九月，護密王卒，封其弟護真檀為王。

開元二十年，僧法月獻安西譯經入朝。

開元二十一年（733）

二月，骨咄王遣使獻馬並女樂。

閏三月，勃律國王沒謹忙遣使謝恩。

八月十日，骨咄王遣大首領來朝，授將還蕃。

九月十二日，護密國真檀來朝，授將軍賜物還蕃。

九月十七日，吐火羅國來獻方物。

九月，歷告邊州赤嶺樹碑定為與吐蕃界。

十二月二日，石漢那王遣大首領來朝，授將還蕃。

十二月二十日，大食遣首領來朝，授將賜物還蕃。

十二月，王斛斯除安西四鎮節度。

　　開元二十一年，張九齡同中書門下平章事。李元紘起爲太子詹事，卒，贈太子少傅，諡文忠。孫逖改考功員外郎，知貢舉兩年。陳羽約生於是年。

開元二十二年（734）

　　四月四日，伊西、北庭且爲節度。

　　四月二十三日，北庭都護劉渙謀反，伏誅。

　　九月，〈敕安西節度王斛斯書〉，警惕吐蕃異心。

　　九月，〈敕河西節度牛仙客書〉，突騎施蘇祿屢犯邊城、圖陷庭州，宜密作征發部署，安西、河西、朔方軍與大食等計會，齊集討襲。

　　十一月，〈敕河西節度副大使牛仙客書〉、〈敕安西節度王斛斯書〉，交代討突騎施蘇祿部署。

　　十二月，〈敕護密國王書〉，安撫和鼓勵抵抗其所受突騎施擾邊。

　　十二月，突厥毗伽可汗既卒，子伊然可汗立，尋卒，弟登利可汗立。

　　開元二十二年——開元二十四年，〈敕孛律國王書〉、〈敕護密國王書二〉、〈敕罽賓國王書〉，皆與突騎施擾邊相關。

　　開元二十二年，吐蕃王姐卓瑪類遣嫁突騎施可汗爲妻。

　　開元二十二年，高適還宋州。岑參至東都獻書闕下，與王昌齡交遊。張九齡遷中書令，兼集賢院學士知院士、修國史。王維隱於嵩山。王昌齡約於是年舉博學宏詞科，授汜水尉。

開元二十三年（735）

　　正月，〈敕吐蕃贊普書三〉，警告吐蕃若與突騎施蘇祿合謀磧西，未必有成，已有所備。

　　正月後，竇元禮出使吐蕃。

　　四月，〈敕安西節度王斛斯書〉，指示防範突騎施趁亂侵擾。

　　五月，〈敕吐蕃贊普書二〉，勿以邊城小人之間構生嫌疑。

　　七月，壽王清（後名瑁）遙領安西大都護。

九月二十三日，吐火羅國遣使來獻方物。

九月，〈敕吐蕃贊普書七〉，譴責侵越安西境內。

十月二十六日，突騎施寇北庭及安西拔換城。

十月二十九日，移隸伊西、北庭都護屬四鎮節度。

十月，〈敕安西節度王斛斯書〉，勞慰軍士，明示委任以誠信。

十一月，〈敕四鎮節度王斛斯書〉、〈敕瀚海軍使蓋嘉運書〉，激勵將士，防慮敵詐，安西、北庭兩相計會。

開元二十三年，吐蕃侵襲小勃律。

開元二十三年，安西使臣張舒耀至呼羅珊，會見總督阿沙德，約以兩國共擊蘇祿。

開元二十三年，李頎進士及第。杜甫赴舉不第，留洛陽。高適赴長安應試，遊洛，不第。李白遊太原，尋至齊魯，寓任城。岑參出入嵩洛間，與杜甫、高適交遊。王維擢右拾遺，赴任東都。

開元二十四年（736）

正月二十六日前，〈敕安西節度王斛斯書〉、〈敕瀚海軍使蓋嘉運書〉、〈敕北庭都護蓋嘉運書〉、〈敕突厥可汗書一〉，勉勵出軍將士及使突厥登利可汗發兵，宜一舉全殲。

正月二十六日，北庭都護蓋嘉運大破突騎施。

正月二十六日後，〈賀誅賊狀〉。

正月二十六日後，〈授蓋嘉運兼金吾衛將軍制〉。

三月，〈敕安西節度王斛斯書〉、〈敕北庭經略使蓋嘉運書〉，警惕敵方餘勢。

五月，〈敕安西節度王斛斯書〉，探明大食願聯合出兵之虛實方行。

六月，〈敕安西節度王斛斯書〉，警惕吐蕃與突騎施計會。

八月七日，突騎施請和。

八月七日後，〈敕突騎施毗伽可汗書〉，譴責議和不誠，不用。

八月七日後，〈授王斛斯太僕卿制〉。

九月一日，封于闐國王尉遲伏闍達室氏爲于闐妃。

九月，〈敕安西節度王斛斯書〉，獎勵再進，防範吐蕃。

九月，〈安西請賜衣表〉。

九月，〈敕北庭經略使蓋嘉運書〉，防範突騎施請和不誠。

十月，〈敕瀚海軍使蓋嘉運書〉，向突騎施動向行事。

開元二十四年，吐蕃將兵赴突厥（突騎施）。

開元二十四年，張九齡罷相，李林甫爲中書令，自此把持朝政。高適歸宋州。孫逖遷中書舍人。

開元二十五年（737）

正月，焉耆大首領、波斯王子來朝。

開元二十五年，吐蕃引兵至小勃律國，小勃律敗。

開元二十五年，蘇祿與大食決戰喀里斯坦，兵敗。遣使同唐議和，許之。

開元二十五年，杜甫東游齊魯。王維奉命出使涼州，以監察御史、節度判官，入河西節度幕，〈老將行〉似爲此時作。張九齡爲李林甫所構，出爲荊州長史。

開元二十六年（738）

正月，吐火羅遣使獻方物

二月十五日，授吐火羅使果毅，賜物還蕃。

六月，突騎施部落黃姓首領莫賀達干攻殺蘇祿，其別部黑姓首領都摩支立蘇祿之子吐火仙爲可汗據碎葉城，黑姓可汗爾微特勒據怛羅斯城。

七月二日，〈冊皇太子敕〉，優待磧西之人。

十月，許罽賓國王傳嗣。

十月，詔封康國、謝颬、曹國、史國等嗣王。

開元二十六年，吐火羅國遣使貢物。

開元二十六年，岑參赴舉長安，落第而歸。王維還長安。

開元二十七年（739）

四月，拔汗那遣使獻表。

七月，蓋嘉運爲磧西節度使，破突騎施於碎葉城。

八月十五日，蓋嘉運擒吐火仙，所遣疏勒鎮守夫蒙靈察與拔汗那王等破怛羅斯城，斬爾微特勒，收交河公主。

八月十五日後，以阿史那懷道子昕爲十姓可汗、濛池都護。

九月二十九日，突騎施諸部請屬安西管內。

十一月前，〈敕磧西支度等使章仇兼瓊書〉，因病賜遣醫人兼藥。

秋，王昌齡謫嶺南，岑參爲之餞行。

十二月前，時磧西支度判官爲徐遠。

開元二十七年，岑參移居長安。

開元二十八年（740）

正月，骨咄國大首領來朝，授官還蕃。

二月，田仁琬任安西都護。

三月十九日，骨咄國遣大首領來朝，賜帛還蕃。

三月二十二日，冊石國王爲順義王。

三月二十八日，蓋嘉運獻俘，玄宗赦吐火仙。

四月十五日，冊阿史那昕妻李氏爲交河公主。

四月十六日，冊于闐王尉遲珪妻爲于闐王妃。

六月前，蓋嘉運撰〈西域記〉。

六月，蓋嘉運爲河西、隴右節度使，離任安西。

七月二十一日，骨咄國大首領來朝，授官還蕃。

十月，安國、康國遣使獻物。

十一月，莫賀達干不服立阿史那昕爲十姓可汗，立其爲可汗統突騎施之眾。

十二月三日，莫賀達干率眾內屬。

十二月七日，杜暹卒，謚貞孝。

開元二十八年，加拜史國王等。

開元二十八年，吐蕃嫁王姐墀瑪類予小勃律王，結爲和親。

開元二十八年，帝納壽王妃楊氏入宮。

開元十八年，王昌齡自嶺南回，旋授江寧丞。張九齡卒，諡文獻。王維遷中侍御史，多至嶺南。

開元二十九年（741）

正月，拔汗那王遣使獻馬。

二月，冊嗣小勃律國王。

三月，史國王、拔汗那王遣使來朝賀正上表。

春，王維回長安，尋隱終南山。岑參發長安，北遊河朔。

十月二十五日，分北庭、安西爲二節度。

十二月十九日，大食首領來朝，授將賜物還蕃。

開元二十九年，石國上表請討大食，不許。

開元二十九年，史國王立，首領來朝貢。

開元二十九年，拔汗那王上表，請改國名，敕改拔汗那爲寧遠國。

開元二十九年，高適遊淇上。杜甫遊東都。

開元末，夫蒙靈察爲四鎮節度使，將軍高仙芝爲都知兵馬使，封常清爲高仙芝傔人。

開元末，馬璘從戎安西。

開元末，西國獻獅子安西道中。

開元間（713～741），陳儼爲安西副都護。

開元間，阿史那獻卒於長安。

開元間，置蔥嶺守捉。

開元中，萬楚進士及第。盧象進士及第。

開元後，邊土西舉高昌、龜茲、焉耆、小勃律、北抵薛延陀故地，緣邊數十州戍重兵，營田及地租不足以供軍，於是初有和糴。

開元——天寶間（713～755），于闐進貢，王位四次嗣立。

開元——天寶間，石漢那一再朝賀。

開元二十九年，石國王伊捺吐屯退居次王，國王易爲車鼻施吐屯，大食勢力已推進至藥殺水域。

玄宗天寶元年（742）

正月，改元天寶。

天寶初，李嗣業應募安西。

天寶初，來瑱四鎮從職。

天寶初，李白奉詔入京，供奉翰林。王昌齡貶龍標尉。

正月二日，都護田仁琬獻于闐所獲玉龜一畫。

正月十一日，石國王遣使上表爲長男乞授官。

> 按：有五月同内容一條目，因「正」與「五」二字書寫時筆畫相近，「正」易粗寫成「五」形從，故從書寫規律推定，應爲「正」字誤寫爲「五」。

二月十一日，僧不空請神兵救安西。

三月，曹國、石國遣使獻馬及方物。

四月，唐遣十姓可汗阿史那昕西行履任，至俱蘭城，爲突騎施莫賀達干所殺，西突厥正統阿史那姓一系政權滅亡。

春，岑參返京，秋遊大梁。

九月九日，玄宗宴突厥降者。

九月十六日，護密背吐蕃遣使請降唐。

秋，王維〈奉和聖制送不蒙都護兼鴻臚卿歸安西應制〉。

秋，李白〈送程劉二侍郎兼獨孤判官赴安西幕府〉、〈送族弟縉從軍安西〉。

十一月，〈爲宰相賀隴右破吐蕃表〉，四鎮節度馬靈察奏破吐蕃。

天寶元年，貶田仁琬舒州刺史。

天寶元年，置安西、北庭、河西、朔方等十節度使以備邊，其中平盧節度使爲安祿山。

天寶元年，劉單進士及第。王維復爲左補闕。陶翰中拔萃科。

天寶元年後，高仙芝爲安西副都護、四鎮都支兵馬使。

天寶元年，唐改冊吐火仙爲循義王，冊都摩度爲葉護，令其護送吐火仙返封。

天寶二年（743）

二月十九日，解蘇國遣二十人來朝，授將賜物還蕃。

九月，安西黑姓可汗骨咄錄毗伽遣使獻方物。

十月，敕四鎮節度使嚴加控制與外蕃之交通。

十一月二十三日，僧法月卒於于闐，節度副大使夫蒙靈察監護葬儀。

十二月，石國王遣女婿康國大首領獻物。

天寶二年，李白〈搗衣篇〉、〈關山月〉、〈塞下曲六首〉、〈獨不見〉。

天寶二年，張謂進士及第。李白與賀知章等爲酒中八仙之遊。岑參歸長安。高適在睢陽。

天寶三載（744）

正月，改年爲載。

閏二月，拔汗那王遣使賀正獻方物。

三月，安國王遣使來朝獻方物。

三月，安祿山兼范陽節度使。

五月，安西節度使夫蒙靈察斬突騎施莫賀達干。

六月十二日，冊封突騎施骨咄錄毗伽爲十姓可汗。

七月十二日，封曹國王爲懷德王，米國王爲恭順王，康國王爲欽順王，並封王母可敦爲郡夫人。

七月，大食國、康國、史國、西曹國、米國、謝颶國、吐火羅國、突騎施、石國遣使獻馬及寶。

十月十八日，詔改史國爲來威國。

十二月十四日（745），和義公主嫁寧遠國奉化王阿悉爛達干。

十二月二十五日（745），〈大赦天下制〉，不孝不恭、傷財破產者宜配隸磧西。

天寶三載，唐冊吐火仙為突騎施可汗。

天寶三載，李白賜金放歸，乃與杜甫遊。岑參進士高第，授右內率府兵曹參軍。高適遊梁宋。王維約在是年始營藍田輞川別業。孫逖拜刑部侍郎。戎昱約於是年生。

天寶四載（745）

正月，回紇懷仁可汗殺東突厥白眉可汗，傳首京師，盡有其故地，阿史那家族完全退出統治舞臺。

三月，謝䫻、吐火羅、波斯、俱訶蘭、罽賓、獻方物。

七月，石國、安國並遣使朝貢。

七月，封安國王為歸義王。

七月，小勃律遣僧來朝，授將還蕃。

八月，冊楊太真為貴妃，其親皆有封賞。

九月二十二日，冊罽賓王子繼父位。

九月，寧遠國遣使賀正。

天寶四載，段秀實因從討護密有功授安西府別將。

天寶四載，曹國王上表請同唐小州，為國征討。

天寶四載，岑參春日給假省親，並遊淇上，旋移居京城。高適至臨淮郡，後歸睢陽，至東平郡，有詩〈東平留贈狄司馬〉。王維約在是年出使榆林、新秦二郡。

天寶五載（746）

正月，〈遣使巡按天下詔〉，精選判官赴安西。

二月二十五日，奏私度僧尼等，今後有犯，移隸磧西。

三月，石國王、副王遣使獻物。

七月，波斯遣使獻犀牛及象。

閏十月，突騎施、石、史、米、罽賓等國來朝獻物。

天寶五載，封石國王子為懷化王。

天寶五載，岑參在長安，與杜位交遊。高適在東平，又至渤海濱、淇上等地。杜甫至長安。王維後遷庫部員外郎約在是年。孫逖改太子左庶子。

天寶六載前，王天運征小勃律敗績。

天寶六載（747）

正月，龜茲、于闐、焉耆並遣使賀正獻方物。

四月，波斯遣使獻瑪瑙床。

四月前，節度使田仁琬、蓋嘉運、夫蒙靈察三討小勃律，不捷。

四月——八月，高仙芝征小勃律，行軍百日，擒勃律王、吐蕃公主，中郎將李嗣業英勇善戰。

五月，大食、波斯獻豹，石國獻馬。

六月十四日，突騎施遣使朝貢。

八月——九月，高仙芝凱旋。

十二月前，授高仙芝右羽林軍大將軍。

十二月二十八日，高仙芝代夫蒙靈察為安西節度使。

十二月，封常清知留後事。

十二月，段秀實事高仙芝。

十二月，李林甫用胡人安祿山、安思順、哥舒翰、高仙芝等為邊將及諸道節度，不再以大臣為使以制之。

天寶六載，劉長卿〈贈別于羣投筆赴安西〉。岑參〈送人赴安西〉。杜甫應制舉落第。

天寶六載——天寶十載（751），陶翰為封常清作〈送封判官攝監察御史之磧西序〉。

天寶六載，木鹿人并・波悉林起兵呼羅珊，連敗白衣大食總督納色爾，大食國亂。

天寶六載，安祿山兼御史大夫，並自請為楊貴妃兒。

天寶七載（748）

三月，于闐、焉耆、龜茲並遣使賀正獻方物。

六月，罽賓國遣使朝貢。

天寶七載，北庭節度使王正見伐安西，碎葉城毀。

天寶七載，并・波悉林佔領呼羅珊全境，納色爾死，黑衣大食（阿拔斯王朝）將興。

天寶七載，王維約在是年遷庫部郎中。

天寶八載前，康國大首領因使入朝留居。

天寶八載，李益生。岑參在長安，與顏眞卿等交遊。

天寶八載（749）

四月，吐火羅國遣使獻馬。

七月，冊十姓突騎施移撥可汗。

八月十四日，護密國王來朝。

八月，十姓突騎施、寧遠國王子、石國王子來朝。

夏，高適赴長安舉有道科中第，授封丘尉。

十一月五日，竭師引吐蕃攻吐火羅，吐火羅葉護失里忙伽羅表請唐發安西兵擊竭師，許之，以打通唐與烏滸水通道。

十一月，突騎施、寧遠國遣使賀正獻物。

天寶八載，吐火羅遣使朝賀。

天寶八載，哥舒翰拔石堡城。

天寶八載，杜甫〈高都護驄馬行〉。

天寶八載，岑參轉右威衛錄事參軍，充安西節度判官，隸安西四鎮節度使高仙芝幕。赴安西途中作〈初過隴山途中呈宇文判官〉、〈經隴頭分水〉、〈西過渭州見渭水思秦川〉、〈過燕支寄杜位〉、〈過酒泉憶杜陵別業〉、〈逢入京使〉，過莫賀延磧有〈日沒賀延磧作〉、〈磧中作〉、〈度磧〉，過火山有〈經火山〉，在安西任有〈歲暮磧外寄元撝〉。

　　按：因岑參從長安發安西之月份尚不明，〈經火山〉一
　　詩，《岑嘉州詩箋注》箋爲「當爲至安西後行役至西州時作，

在八載或九載冬」（頁 261）；據《岑參詩集編年箋注》，以此詩為「天寶八載冬日之作」（頁 178）。根據詩句推斷，因是冬季，又是首次，且地處西州之東，此詩應為天寶八載岑參赴安西途中所作，或為九載冬出使內地採西州之路返回安西府地龜茲途徑火山，且繫於此處。

天寶八載，并·波悉林攻佔庫法城，扶立聖裔河蒲羅跋為哈利發，黑衣大食王朝建立。

天寶九載（750）

正月，骨咄國、康國、安國來獻馬等方物。

三月十二日，高仙芝破揭師，虜揭師王勃特沒，冊其兄素伽為王，北庭節度使王正見破碎葉，俘突騎施可汗。

四月，波斯獻舞筵、真珠。

秋，岑參應因軍務出使至武威，多返。途中有詩〈銀山磧西館〉、〈題鐵門關樓〉、〈宿鐵關西館〉、〈安西館中思長安〉、〈早發焉耆懷終南別業〉、〈寄宇文判官〉。

十二月，安西節度使高仙芝劾討石國，王子西奔。

天寶九載，尉遲勝與高仙芝同擊破薩毗播仙。

天寶九載，安祿山兼河北道採訪處置使，賜爵東平郡王。

天寶九載，并·波悉林進軍埃及，白衣大食（伍麥葉王朝）滅亡，大食的王朝易代完成。

天寶九載，王維丁母憂，離朝居輞川。高適約於是年送兵至清夷軍，又至薊北，後還入居庸關。

天寶十載（751）

正月二十四日，高仙芝入朝獻突騎施可汗及石國王等。

二月，寧遠國、俱密國獻馬、豹、天狗等。

三月，岑參〈武威春暮聞宇文判官西使還已到晉昌〉。

五月，岑參〈武威送劉單判官福安西行營便呈高開府〉、〈武威送劉判官赴磧西行軍〉。

春，岑參出使至武威，滯留至夏。高適北使歸來，行至燕趙，又至瀛洲、河間、冀州，歸封丘。

六月，岑參〈送李副使赴磧西官軍〉。

七月，石國王子引大食兵至，欲攻四鎮，高仙芝戰大食呼羅珊總督齊雅德決戰怛羅斯，唐發葛邏祿、拔汗那兵從征，葛邏祿叛，唐軍大敗。

七月，李嗣業救高仙芝突圍。

七月，段秀實義責李嗣業，收散卒復成軍，師還嗣業請以秀實為判官。

九月，波斯、康、安、俱密等國朝貢，寧遠國獻馬。

天寶十載，李林甫兼領安西大都護。

天寶十載，杜環隨高仙芝西征被俘，杜環於大食見京兆、河東漢匠。

天寶十載，安祿山求兼河東節度使，許之，兼領三鎮。

天寶十載，錢起進士及第，授秘書省教書郎。杜甫待制集賢院。孟郊生。

天寶十載——天寶十一載（752），王正見為安西節度，奏封常清為行軍司馬。

天寶十載——天寶十三載（754），杜甫作〈天狗賦並序〉。

天寶十一載（752）

正月二十四日，冊骨咄國王羅全節為葉護。

三月，三葛邏祿遣使來朝。

十一月，三葛邏祿遣使來朝。

秋，高適棄官西至長安，又赴河西，為哥舒翰掌書記。

十二月七日，黑衣大食遣使來朝，寧遠國、康國遣使朝貢，賜物還蕃。

十二月二十五日前，王正見卒。

十二月二十五日，封常清爲安西四鎭節度使。

冬，高適隨哥舒翰入朝。

天寶十一載，安西副都護爲程千里。

天寶十一載，杜甫〈送韋書記赴安西〉。

天寶十一載，曹國及九國王上表請擊黑衣大食，慰之。

天寶十一載，李林甫卒，楊國忠繼爲相。

天寶十一載，岑參赴河東遊，歸嵩洛，並與高適、杜甫等同登慈恩寺塔。王維拜吏部郎中，是年吏部改文部。

天寶十一載——天寶十二載（753），康國並遣使來朝。

天寶十一載——天寶十二載（753），高適入隴右節度使哥舒翰幕，爲掌書記。

天寶十二載（753）

正月，疏勒首領等並來賀正。

三月，罽賓國、謝䫻國獻方物，疏勒遣使賀正。

四月前，高適在長安，旋返河西。

四月三日，許骨咄國史難之康丁眞乞度爲僧。

四月，三葛邏祿遣使來朝，皆受官賞。

八月，寧遠、安、吐火羅等國並遣使朝貢。

九月六日，以突騎施黑姓可汗登里伊羅蜜施爲突騎施可汗，羈屬安西。

　　　　按：《唐安西都護府史事編年》中載，「亦賜造冊」則
　　在十三載秋，見於頁 570。

九月十六日前，程千里兼北庭都護，充安西、北庭節度使，聯合葛邏祿，追擊突厥叛首阿布思（賜名李獻忠，往依葛邏祿），葛邏祿葉護執之。

九月十六日，封葛邏祿葉護頓毗伽爲金山王，並封其妻及母。

九月，封骨咄錄三姓毗方伽頡利發爲左羽林軍大將軍，又以骨咄錄毗伽爲突厥騎施可汗。

十月，封石國王子爲懷化王。

十二月二十一日，護密國朝貢，葛邏祿及石國獻方物。

天寶十二載，封常清討大勃律，段秀實以智取大勃律。

天寶十二載，疏勒首領來朝，授官賜物。

天寶十二載，岑參攜弟與杜甫遊。鮑防登進士第，授太子正字。

天寶十三載（754）

三月二十六日，北庭都護程千里俘阿布思以獻，斬之。

三月二十九日，封常清爲安西副大都護，權知北庭都護、伊西節度使。

四月上旬，岑參受封常清辟爲北庭節度判官，遂即發京赴北庭。

四月二十一日——二十二日，寧遠國、米國、吐火羅國、突騎施黑姓可汗、九姓回紇、黑衣大食等國來朝，賜物還蕃。

四月，岑參赴北庭途中作〈赴北庭度隴思家〉、〈臨洮泛舟趙仙舟自北庭罷使還京〉、〈發臨洮將赴北庭留別〉。

五月七日，葛邏祿葉護有擒阿布思之功，特降璽書。

六月，岑參抵北庭，有〈登北庭北樓呈幕中諸公〉。

六——十二月，岑參爲判官，與封大夫、趙都護、元判官等在安西、北庭、焉耆等處市馬。

> 按：從吐魯番出土文書中，便可得具體記錄岑參（岑判官）參與的條目有十一月二十五日後、八月廿四日兩條，見於《吐魯番出土文書》錄文本10（文物出版社，1991年10月版），頁165～188，頁55～75；圖文本4（1996年12月版），頁498～512，頁421～436。

八月前，岑參〈磧西頭送李判官入京〉。

九月，寧遠懷化王遣使獻胡馬及方物。

九月，封常清率軍西征叛將阿布思在葛邏祿之餘部，岑參作〈走馬川行奉送出師西征〉、〈輪臺歌奉送封大夫出師西征〉、〈送崔子還京〉。

十月，封常清回軍，不戰而降，岑參作〈北庭西郊候封大夫受降回軍獻上〉。

十一月二十二日，封常清發家馬送譯僧。

閏十一月，曹、安及諸胡九國上表請擊黑衣大食。

天寶十三載，康國遣使朝貢。

天寶十三載，寧遠王遣子留宿衛。

天寶十三載，李白遊廣陵，至宣城。李頎約卒於是年。

天寶十三載——十四載（755），張謂從封常清幕府，參與謀劃有功，作〈為封大夫謝敕賜衣及綾綵表〉、〈進娑羅樹枝狀〉、〈進白鷹狀〉。

天寶十四載（755）

三月八日，康國、石國、曹國並遣使朝貢。

五月，岑參〈火山雲歌送別〉。

春，封常清破播仙，岑參有〈獻封大夫破播仙凱歌六章〉，另有〈輪臺即事〉、〈北庭作〉、〈北庭貽宗學士道別〉。

> 按：〈獻封大夫破播仙凱歌六章〉一詩，《唐安西都護府史事編年》中所引據史料繫為十三載十一月（頁574），但若如此，十月封常清剛討阿布思餘部歸，旋即南下征播仙，十一月即已戰畢，似於理不合。且如《岑嘉州詩箋注》中載，「詩有霜、雨字，當在十四載春」，更為合理，故繫之於此。

春，王維轉給事中，有〈送劉司直赴安西〉、〈送平澹然判官〉、〈送元二使安西〉。

六月二十四日，授寧遠國王子將軍，賜物還蕃。

八月，岑參〈白雪歌送武判官歸京〉。

夏秋，岑參隨封常清宴遊，有〈陪封大夫宴瀚海亭納涼得時字〉、〈陪封大夫宴得征字時封公兼鴻臚卿〉。

九月九日，岑參〈奉陪封大夫九日登高〉。

九月，岑參〈使交河郡郡在火山腳其地苦熱無雨雪獻封大夫〉、

〈趙將軍歌〉、〈熱海行送崔侍御還京〉。

十一月前，岑參〈滅胡曲〉。杜甫授河西尉，不拜，改右衛率府冑曹參軍。

十一月，安祿山反於范陽，安史之亂爆發，高仙芝、封常清、程千里俱發遣平叛。

十一月十六日——十七日，詔安西節度使封常清爲范陽、平盧節度使，詣東京募兵禦敵。

十二月，禦敵兵敗，斬封常清、高仙芝，以哥舒翰及仙芝舊卒、蕃將部落守潼關。高適至長安，拜左拾遺，轉監察御史，佐哥舒翰幕。

冬，岑參赴玉門關按察邊儲，時爲北庭度支副使，十二月（756）至苜蓿烽，有〈題苜蓿峰寄家人〉，歲除至玉門關，有〈玉門關蓋將軍歌〉、〈玉門關寄長安李主簿〉。冬，另有〈天山雪歌送蕭治歸京〉。

天寶十四載十一月後——至德二載前，杜甫〈觀安西兵過赴關中待命二首〉。

> 按：仇兆鰲《杜詩詳注》卷六，鶴注曰「此當是乾元元年秋在華州所作」（頁 488），《唐安西都護府史事編年》亦從此說，將其繫於乾元元年郭子儀率軍出發之日（九月二十一日）後（頁 610），但至德二載已更「安西」名爲「鎮西」，留後與行營兩支軍隊俱改之，與題中「安西」之稱不相符，故繫於安史之亂爆發後、安西更名前。

天寶十四載，楊巨源生。

玄宗天寶十五載、肅宗至德元載（756）

正月，安祿山稱帝，即位於洛陽。

春，岑參有〈與獨孤漸道別長句兼呈嚴八侍御〉、〈優鉢羅花歌並序〉、〈使院中新栽栢樹子呈李十五棲筠〉、〈敬酬李判官使院即事見呈〉。

六月前，岑參〈胡歌〉。

六月初，在帝催促下，哥舒翰不得已出戰，大敗被俘，潼關失守，

玄宗出走，安祿山入長安。高適西馳至河池郡面聖，陳潼關敗亡之勢，
遷爲侍御史。

六月十五日，玄宗欲用西北諸胡。

七月前，岑參〈送四鎮薛侍御東歸〉、〈送張都尉東歸〉。

天寶十五載，岑參〈送李別將攝伊吾令充使赴武威便寄崔員外〉。

天寶中，衛伯玉從軍安西，張遊藝膺辟於安西，以左衛騎曹參軍
攝監察御史賜四鎮節度判官。西鄙人〈爲哥舒翰歌〉。

　　　　按：《全唐詩補編》中收其題序曰「天寶中，哥舒翰爲
　　安西節度使，控地數千里，甚著威令。故西鄙人歌……」，
　　遂將其繫於此。

天寶末，鮑防避亂歸鄉。劉長卿登進士第。

七月，肅宗即位於靈武，改元至德，發詔勤王，安西、北庭軍力
分化爲入關勤王的鎮西、北庭行營與鎮西、北庭留後二支。

七月十五日，豐王珙遙領河西、隴右、安西、北庭節度使，鄧景
山爲副。

七月，岑參〈首秋輪臺〉。

七月後，征安西兵，節度使梁宰潛懷異圖，逗留觀變，段秀實說
與李嗣業，李嗣業遂見梁宰，請率安西兵五千赴行在。

七月後，安西節度府行軍司馬李棲筠料精卒七千赴難。

七月後，衛伯玉自安西歸長安，領神策兵馬使，出征陝西行營。

七月後，杜甫奔赴靈武，陷賊中，脫逃至鳳翔，拜左拾遺。

九月，轉諭西域諸國從安西兵入援。

秋，岑參〈送郭司馬赴伊吾郡請示李明府〉。

十一月，永王璘起兵江陵，欲據江東，肅宗命之朝上皇於蜀，璘
反。高適陳肅宗江東利害，言之必敗。

十二月，于闐王尉遲勝率兵五千赴難，命其弟攝國事，國人留勝，
勝以少女爲質而行。

十二月，以高適兼御史大夫、揚州大都督長史、淮南節度使討永

王璘。

至德元載，王維爲賊俘送洛陽，服藥推脫，仍被迫授僞職。王昌齡被譙郡太守閭丘曉殺害。李白入永王璘幕。盧象被賊執，受僞職，貶爲果州長史。

至德元載後，河西、隴右戍兵皆征集，收復兩京。

至德二載（757）

正月，安慶緒殺安祿山。安西、北庭及西域諸國兵至涼、鄯。

正月，高適至廣陵。

二月，肅宗至鳳翔行在。安西、西域等兵皆會，李泌〈對肅宗破賊疏〉。

二月末，永王璘敗死江南。

二月後，李嗣業至鳳翔謁見肅宗。

二月後，馬璘統甲士三千赴鳳翔。

春末，岑參自北庭歸，夏日至鳳翔。

六月，杜甫等薦岑參爲右補闕。

閏八月二十二日，以朔方、安西、回紇、南蠻、大食兵討安慶緒。

九月十二日，廣平王李俶率安西等眾二十萬發鳳翔。

九月二十七日前，李嗣業爲鎮西、北庭支度行營節度使。

九月二十七日前，段秀實起復爲節度判官。

九月二十七日，李嗣業奮戰香積寺。

九月，克長安。

十月四日，李嗣業力戰新店。

十一月二日，李嗣業從張鎬克河南、河東郡縣。

十月，克東京，肅宗還京。

十二月一日，加封李嗣業等赦文。

十二月十五日（758），〈收復兩京大赦〉加封李嗣業等。

十二月，赦官名依舊，安西大都護從二品。

十二月，上皇還京。

冬，岑參隨駕歸長安。杜甫冬日歸京。

至德二載，更安西曰鎮西。

至德二載，岑參〈醉裏送裴子赴鎮西〉。

至德二載，高適遭讒毀，後由淮南節度使左授太子少詹事，赴洛陽。李白繫潯陽獄。劉長卿任長州尉。錢起在長安迎肅宗還京。

至德二載——大曆二年（767），鎮西副將李願。

至德二載——大曆二年（767），無名氏〈鎮西二首〉。

肅宗至德三載、乾元元年（758）

正月，護密國遣大首領來朝。

二月十三日，護密國大首領來朝，授將還蕃。

二月，改元乾元，復載為年。

二月，王維授太子中允，加集賢殿學士，遷太子中庶子、中書舍人，改給事中。

三月二十一日，因鎮西、北庭行營奉詔移駐河內，其地貧苦，北庭兵馬使王惟良兵變，李嗣業討誅王惟良。

四月十四日，〈南郊赦文〉，百姓中事親不孝、別籍異財、玷污風俗、虧敗名教，先決六十，配隸磧西。

四月十九日，罽賓王與中天竺國婆羅門入朝授官。

四月，安慶緒攻李嗣業不勝。

五月一日，詔授吐火羅僧、首領官號。

六月一日，吐火羅、康國遣使來朝。

六月，李嗣業為懷州刺史，充鎮西北庭行營節度使。

七月十三日，護密國王紇設伊俱鼻施來朝，賜名李崇信。

七月，吐火羅與西域九國發兵，詔隸朔方行營。

九月二十一日，李嗣業等九節度討安慶緒。

九月後，岑參〈送劉郎將歸河東〉。

乾元元年，罽賓國遣使朝貢。

乾元元年，波斯與大食同寇廣州。

乾元元年，杜甫出爲華州司功參軍。李白流放夜郎，溯江至巫山。岑參在京與賈至等唱和宮廷。劉長卿攝海鹽令，以事下獄，貶南巴，復勘得量移。張謂爲尙書郎，出使夏口，遇李白。權德輿生。

乾元二年（759）

正月二十八日，李嗣業矢傷而卒。

正月二十八日後，眾推荔非元禮代嗣業，段秀實傾私財奉葬。

正月，段秀實輜重助軍。

正月，史思明於魏州自立爲帝。

正月後，杜甫〈觀兵〉。

　　　按：《杜詩詳注》仇注曰「此乃乾元元年冬在東都觀兵也」（頁507），《唐安西都護府史事編年》從之，但據詩句，應爲乾元二年安慶緒奔鄴城後所作，故繫於此。

三月二十五日，荔非元禮權鎭西北庭行營節度使，以段秀實爲節度判官。

三月，段秀實帥將士妻子及公私輜重自野戍渡河待命。

三月，寧遠國、安國使來朝。

三月，九節度討賊，以無統帥，兵敗鄴城，郭子儀、李光弼引兵屯河陽。

五月，高適出爲彭州刺史。

八月二十九日，十姓突騎施可汗使、波斯進物使、寧遠國使等來朝。

九月，史思明入洛陽。

十月七日後，蘇源明〈諫幸東京疏〉，期待安西等軍。

十月十二日，荔非元禮破敵。

十月，白孝德斬將。

十月，史思明攻河陽城，爲李光弼所敗，遁去。

十月，百官觀安西兵赴陝州。

十一月，史思明寇陝州，宦官李輔國掌權。安西北庭兵屯陝。

十二月，衛伯玉破敵強子坂，轉四鎮北庭行營節度。

乾元二年，李白於途中白帝城，遇赦還潯陽。杜甫棄官奔秦州。岑參轉起居舍人，後出爲虢州長史。戎昱在浙西節度使顏眞卿幕中爲吏。錢起任藍田尉，與王維酬唱。盧象貶爲永州司戶，移吉州長史，召爲主課員外郎，卒於途中。

肅宗乾元三年、上元元年（760）

正月二十四日，以于闐王尉遲勝之弟曜同四鎮節度副使權知本國事。

正月，衛伯玉獻俘。

四月，改元上元。

八月十三日，衛伯玉遷神策軍節度使。

上元元年，舊將曹令忠（後賜名李元忠）守北庭、郭昕守安西，二鎮與沙陀、回紇相依，拒吐蕃。

上元元年，北庭陷於吐蕃，尋爲河西軍收復，以楊預爲伊西、北庭都護。

上元元年，杜甫入蜀，卜居成都。高適轉蜀州刺史。王維轉尚書右丞。

上元二年（761）

五月，高適率兵從崔光遠、李奐共攻反將段子璋。

七月，王維卒。

八月二十九日，李若幽爲朔方鎮西北庭行營及河中等節度使，鎮絳州，賜名國貞。

九月，去年號稱元年，以建子月爲歲首。

上元二年，史朝義殺史思明自立。

上元二年，戎昱隨顏眞卿在長安，後東去。孫逖卒，諡曰文。

肅宗寶應元年（762）

年初，岑參遷太子中允，兼殿中侍御史，充關西節度判官，駐潼關。

二月十五日，行營飢兵殺李國貞、荔非元禮，推白孝德爲節度使。

二月十五日後，白孝德累功至安西北庭行營節度、鄜坊邠寧節度使。

二月十五日後，安西節度判官段秀實獨爲士卒所服，未被害。

二月二十日，以郭子儀統諸行營平息絳軍。

四月，上皇、肅宗相繼駕崩，代宗即位，建元寶應。

六月，寧遠、吐蕃、獅子、波斯等國遣使朝貢。

八月，寧遠國遣使朝貢。

九月，波斯國遣使朝貢。

十月十六日，僕固懷恩同平章事兼絳州刺史領諸軍節度行營。

十月三十日，馬璘爲鎮西節度使，單騎擊賊。

十月，以雍王爲天下兵馬大元帥，與回紇兵討史朝義，大勝，克東京及河陽城。岑參爲雍王掌書記，至陝州。隨軍東進，月末至洛陽。

十二月，黑衣大食、寧遠、石國並遣使朝貢。

寶應元年，戎昱回到長安，有〈苦哉行五首〉。劍南兵馬使徐知道反，杜甫攜家至梓州等地。李白卒。

肅宗寶應二年、代宗廣德元年（763）

正月，史朝義兵敗自縊死，安史亂平，諸軍皆還。

寶應二年，鄭錫登進士第。耿湋登進士第，擢鼇屋縣尉。

七月，改元廣德。

七月，吐蕃大入，一度攻陷長安，後退守平涼西，盡取河西隴右。

七月後，吐蕃寇邊，詔馬璘赴援河西。

十月，吐蕃入長安，代宗走陝州。

十月十二日，段秀實說白孝德赴難。

十一月，白孝德等兵屯畿縣。

十一月，馬璘領精騎千餘，自河西救楊志烈回，馬璘鳳翔勇退吐蕃。

寶應中，伊州陷於吐蕃，伊州刺史袁光庭全家殉難，河西節度使呂崇賁按兵不救。北庭副都護高耀西返。河已西副元帥創置，以楊志烈領其職，統一節制河西、北庭、安西三道，聯防抗蕃。

廣德元年，高適遷劍南西川節度使，出戰吐蕃無功。岑參入為祠部員外郎，後改考功員外郎。鮑防為浙東節度使薛兼訓從事。

廣德二年（764）

九月，邠寧節度使白孝德擊敗吐蕃於宜錄。

十月二日，白孝德拒吐蕃於邠州。

十二月，段秀實為支都營田副使，號令嚴壹。

廣德二年，遣于闐王尉遲勝返國，固辭請留宿衛，以其國授其弟尉遲曜。

廣德二年，涼州陷蕃，河西節度使移治甘州。東、西疆已失去聯繫。

廣德二年，高適還京為刑部侍郎，轉左散騎常侍，加銀青光祿大夫，進封渤海縣侯，食邑七百戶。杜甫為劍南節度使嚴武參謀，為檢校工部員外郎。岑參遷虞部郎中，赴太白山巡查。

代宗永泰元年（765）

正月十六日，馬璘為四鎮行營節度使，兼南道和吐蕃使。

正月，改元永泰。

正月，高適卒，贈禮部尚書，諡曰忠。

五月，杜甫出蜀。

八月十六日，馬璘封扶風郡王。

八月十六日後，制加四鎮北庭行營兼涇原等州節度使馬璘實封二百戶。

九月二十日，馬璘屯便橋衛京師。

九月，白孝德守邠州拒吐蕃。

十一月，岑參出爲嘉州刺史，滯留梁州，蜀中大亂。

永泰元年，楊志烈於沙陀遇害，郭子儀請遣使巡撫河西，楊休明繼任河已西副元帥，兼河西節度使。

永泰元年，戎昱至長安，約於是年進士及第。劉長卿約於是年前後入京。

永泰初，張謂在淮南田神功幕中任軍職。

永泰間（765～766.11），河已西副元帥遣鄭支使仕四鎮求援河西。

> 按：依〈唐永泰年間河西巡撫使判集〉文中「索救援河西兵馬一萬人」、「元帥」（《法藏敦煌西域文獻》，第二十冊，頁 185）等語，可推定鄭支應是時任河已西副元帥楊休明所遣。

代宗永泰二年、大曆元年（766）

二月二十六日，四鎮北庭行營節度使馬璘兼邠寧節度使。

二月，岑參以職方郎中兼侍御史入杜鴻漸幕，由長安發，七月至成都。

多，杜甫〈王兵馬使二角鷹〉。

十一月，改元大曆。

大曆元年，段秀實處決馬璘愛卒犯盜。

大曆元年，甘州陷蕃，河西節度使楊休明徙鎮沙洲。肅州亦陷於吐蕃。

大曆元年，杜甫流寓夔州。戎昱自長安入蜀。張籍、王建約生於是年。

大曆元年——大曆二年（767），戎昱過蜀至荊州。

　　大曆初，劉長卿以檢校祠部員外郎出爲轉運使判官，駐揚州。後擢鄂岳轉運留後，遭誣貶睦州司馬。耿湋入朝任左拾遺。

大曆二年（767）

　　春，岑參居成都，夏日赴嘉州刺史任。

　　大曆二年，鎮西復爲安西。

　　大曆二年，楊休明戰歿，周鼎接任，領河西節度觀察使名號，不再統領北庭、安西，河已西副元帥名號廢止，北庭、安西、河西復各自爲政。

　　大曆二年，戎昱至江陵，荊南節度使衛伯玉辟爲從事。

　　大曆二年——大曆三年（768），張謂任潭州刺史，後入朝爲太子左庶子。

大曆三年（768）

　　年初，岑參由嘉州至成都，旋歸郡。

　　六月，岑參罷官，泛江東歸嵩洛。盜阻江路，泊戎州。

　　二月七日，馬璘來朝。

　　八月二十七日，馬璘破吐蕃二萬於邠州。

　　十一月，元載議徙馬璘鎮涇州。

　　十二月九日（769），移馬璘及安西北庭行營鎮涇州，爲涇原節度。

　　十二月二十一日，馬璘移鎮涇州後，段秀實爲留後，段秀實平王童之亂，馬璘奏之爲行軍司馬，兼都知兵馬使。

　　冬日，岑參復至成都。

　　大曆三年，杜甫經江陵，至岳州。韓愈生。

大曆四年（769）

　　六月——大曆七年（772）八月，〈喻安西北庭諸將制〉，慰問嘉獎安西北庭將士，時任安西都護爲曹令忠（大曆七年賜名李元忠），北庭都護爲爾朱某。

九月後，李晟拜涇原四鎮北庭都知兵馬使。

大曆四年，李益進士及第，授華州鄭縣尉。岑參卒於成都。戎昱在潭州。杜甫由岳州至潭州。

大曆五年（770）

四月十三日，馬璘兼鄭穎節度使。

大曆五年，杜甫卒。鮑防於是年後仕河東節度使、福建觀察使、江西觀察使。李端登進士第，授秘書省校書郎。

大曆六年（771）

九月，波斯國遣使獻眞珠、琥珀等。

冬，張謂任禮部侍郎。

大曆六年，李益中諷諫主文科，擢鄭縣主簿。

大曆七年（772）

十二月，康國、米國九姓等各遣使朝貢。

大曆七年，馬璘與渾瑊大破吐蕃於黃蓓原。

大曆七年，劉禹錫、白居易生。

大曆七年——大曆九年（774），張謂典三年貢舉。

大曆八年（773）

十月二十二日，馬璘戰吐蕃敗於鹽倉。

十月二十二日後，馬璘敗吐蕃於潘原。

十一月，馬璘忌李晟使朝京師。

大曆八年，柳宗元生。周存登進士第。

大曆九年（774）

四月十七日，馬璘屯軍原州。

五月二十八日，馬璘入相。

九月八日，馬璘等分統諸道防秋之兵。

大曆九年，戎昱約於是年入桂州刺史李律嶷幕府。李益入渭北

節度使臧希讓幕，隨軍北征備邊。

大曆十年（775）

九月二十六日，馬璘破吐蕃於百里城。

大曆十年前後，耿湋充擴圖書使往江淮一帶。

大曆十一年（776）

十二月十三日，馬璘卒，段秀實理喪，馬璘在鎮八年，城堡獲全。

大曆十一年，戎昱約於是年從桂州歸湖南。

大曆十二年（777）

正月八日，四鎮北庭涇原節度副使段秀實爲涇州刺史。

九月十三日，段秀實爲四鎮北庭行營、涇原鄭穎等節度使。

大曆十二年，吐蕃攻沙洲，周鼎議焚城而逃，閻朝殺以自代，領州事。

大曆十二年後，張謂卒。

大曆十三年（778）

九月二十七日，段秀實等共卻吐蕃於青石嶺。

大曆十三年，代宗慰勞段秀實。

大曆十四年（779）

五月二十三日後，段秀實加封張掖郡王。

五月，德宗繼位，遣使赴吐蕃議和。

七月五日，因逾制，德宗詔毀馬璘宅第，沒收家園。

十月——建中元年（780）春，于闐〈大曆十四至十五年傑謝百姓納腳錢鈔〉。

　　　　按：圖版見《俄藏敦煌文獻》（第六卷，頁 228），錄
　　文據張廣達、榮新江〈聖彼得堡藏和田出圖漢文文書考釋〉
　　一文。《唐安西都護府史事編年》中記「于闐不知中原改元，
　　大曆十五年即建中元年」，可以推斷，赴安西道路阻斷後，
　　安西拒守，仍未陷落吐蕃之手，而是與中原各自爲政的形

式持續經營，「信不至朝者十餘年」（《唐會要》頁 1575），
此尚爲一證，另幾則如于闐〈大曆十五年傑謝鎭牒爲征牛
皮二張事〉（《敦煌吐魯番研究》，第六卷，頁 224）、〈大曆
十六年二月六城傑謝百姓思略乞請追征胡書典等所借驢
牒〉（《英藏敦煌文獻》，第十一卷，頁 243）與此情況同，
不另附錄。

大曆十四年，劉長卿約於是年爲隨州刺史。元稹生。

大曆間，錢起歷任祠部員外郎、司勳員外郎。

德宗建中元年（780）

建中初，錢起任考功郎中，卒於任。

正月，改元建中。

二月八日，宰相楊炎欲筑原州城，開陵陽渠，上問段秀實，秀實
以爲不可，楊炎以爲沮己，徙段秀實爲司農卿。

二月十二日，邠寧節度李懷光代段秀實兼節度涇原，徙屯原州。

二月二十八日，行營別駕劉文喜阻兵爲亂，請留段秀實，以朱泚
代李懷光兼四鎭北庭行軍、涇原節度使，復抏命。

四月一日，涇原裨將劉文喜據城叛。

五月二十七日，劉文喜伏誅。

八月十六日，舒王謨遙領四鎭北庭行營、涇原節度大使。

建中元年，李益爲朔方節度從事。

建中二年（781）

七月一日，安西北庭遣使歷回紇諸蕃入朝奏事，詔伊西北庭節度
觀察使李元忠爲北庭大都護，四鎭節度留後郭昕爲安西大都護、四鎭
節度觀察使。

七月二十五日，四鎭北庭行軍節度使朱泚爲太尉。

建中二年，吐蕃陷沙州壽昌縣。

建中二年，戎昱赴長安。李益轉入朔方節度使李懷光幕。

建中三年（782）

八月十一日，姚令言爲四鎮北庭行營涇原節度使。

建中三年，唐朝遣使追封沙州、伊州死難將士。

建中三年，唐使崔漢衡赴吐蕃議和劃界。

建中三年，戎昱在長安任宮殿中侍御史。劉長卿流寓江州，後入淮南節度使幕。

建中四年（783）

正月二十一日，哥舒曜率涇原等軍東討李希烈。

八月，時兩河用兵久不決，賦役日滋，兵窮民困，陸贄上奏恐生內變。

十月三日，姚令言率兵，爆發涇原兵變，德宗出逃。

十月四日，行營將士入長安，擁立朱泚爲帝。

十月四日後，馮河清爲四鎮北庭行營涇原節度使。

十月七日，段秀實遇害。

十月十三日後，陸贄檢討涇原兵變。

十一月二十三日，〈賜將士名奉天定難功臣詔〉，涇原士徒失於撫綏。

建中四年，唐與吐蕃清水會盟，重新劃界，決心放棄平涼以西疆土，對西部飛地問題尚存爭執，此一界並未正式生效。

建中四年，鮑防拜禮部侍郎。戎昱貶辰州刺史。李益以書判登拔萃科，授侍御史。

建中年間，李端出爲杭州司馬。

建中末，劉長卿去官閒居。張籍北上河北，與王建一同求學。

德宗興元元年（784）

正月，改元興元。

正月後，朱泚疑用涇原兵。

三月，于闐王尉遲勝從駕勤王。

四月十四日，田希鑒殺馮清河，自稱留後。

四月，時吐蕃請助討賊，沈房爲入蕃計會及安西北庭宣慰使，〈慰問四鎮北庭將吏敕書〉，安西北庭人員可歸漢界，將其地隸屬吐蕃。

五月二十五日，安西四鎮節度使郭昕、北庭都護李元忠加左右僕射。

六月四日——十日，姚令言、朱泚相繼伏誅，田希鑒爲涇原節度使。

七月二十二日，賞諸道鎮軍及行營將士。

七月，李泌阻以安西北庭賄吐蕃，上遂不與。

八月四日，李晟兼管內諸軍及四鎮北庭行營兵馬副元帥。

閏十月五日，李觀拜四鎮北庭行營涇原節度使

閏十月九日，李晟至涇州誅田希鑒。

興元元年——貞元二年（786），鮑防三知貢舉，封東海郡公，歷京兆尹。

德宗貞元元年（785）

正月，改元貞元。

八月五日，詔曾脅從朱泚的涇原將士咸與惟新。

十二月，于闐王兄弟讓國。

貞元元年，朱如玉出使安西，貪藏于闐得寶，謊稱回紇奪之，爲其下所發。

貞元元年後，李益輾轉於天德軍、賓寧、幽州等幕。

貞元二年（786）

二月十一日，命趙聿爲入吐蕃使，攜〈賜吐蕃將相書〉，拒許四鎮。

二月十一日後，〈賜尚結贊第二書〉，未許吐蕃求四鎮。

七月，吐蕃寇涇、隴、邠、寧，諸鎮閉守自固。

八月三日，〈賜安西管內黃姓羈官鐵券文〉。

九月九日，李晟頒賜。

九月十三日，〈與回紇可汗書〉，宜通安西北庭入奏。

九月，〈賜尚結贊第三書〉，婉拒許四鎮。

貞元二年，沙州陷於吐蕃。

貞元二年，戎昱歸長安任官。張籍、王建至洛陽。

貞元三年前，王建〈送阿史那將軍安西迎舊使靈櫬〉。

貞元三年（787）

閏五月二十日，侍中渾瑊與吐蕃平涼之師會，爲吐蕃所劫，四鎮北庭行營節度使李觀智救渾瑊。

七月，滯留長安的安西北庭奏事校吏及西域使人皆隸神策軍。

九月，吐蕃退，俘掠邠、涇、隴等州民戶殆盡。

貞元三年，平涼劫盟事件發生，唐朝和蕃政策破產。

貞元三年，李泌提出結回紇、大食、雲南（南詔）共抗吐蕃，爲德宗採納。

貞元三年，吐蕃攻沙陀、回紇，北庭、安西無援。

貞元三年——貞元四年（788），僧悟空由西域返國，途中至安西，見安西鎮節度使安西副大都護郭昕。

貞元四年（788）

正月二十三日，劉玄佐爲四鎮北庭行營涇原節度副元帥。

五月，吐蕃入寇涇、邠、寧等州。

貞元四年，唐嫁咸安公主予回鶻長壽天親可汗。

貞元四年，許渾約於是年生。

貞元四年——貞元十八年（802），劉昌爲涇州刺史四鎮北庭行營涇原等州節度使。

貞元五年（789）

九月十三日前，僧悟空安西請譯佛經。

九月十三日，僧悟空隨朝廷中使及安西、北庭奏事官等入朝。

十二月三日，朝廷聞回紇可汗薨，遣使冊其子。

貞元五年，回紇改「紇」為「鶻」。

貞元五年，鮑防以工部尚書致仕，徙居洛陽。楊巨源登進士第。

貞元五年──貞元六年（790）初，張籍入舒州刺史鄭甫幕，後返河北。

貞元六年（790）

五月十五日，僧悟空，以原本安西奏事官身份、以俗姓車奉朝名受敕。

五月，吐蕃陷北庭都護府，北庭節度使楊襲古引兵奔西州，安西道絕。

八月，鮑防卒。

九月，回鶻殺楊襲古，自是朝廷莫知安西存亡，西州尤為唐固守。

貞元六年，涇原節度使兼領安西四鎮北庭節度。

貞元六年，吐蕃佔領于闐。

貞元六年，劉長卿約卒於是年。殷濟約於是年被俘。

貞元七年（791）

二月七日，涇原節度使劉昌筑平涼故城。

貞元七年，杜佑〈論西戎表〉，議通使安西。

貞元七年，于闐殘刻：四鎮官員歸本道。

貞元七年前後，戎昱官虔州刺史。

貞元八年（792）

六月，吐蕃寇涇州。

貞元八年，張籍往長安求人舉薦。王建仍留邢州。陳羽登進士第。

貞元八年，殷濟作〈言懷〉。

　　按：《唐詩大辭典》等記殷濟爲代宗、德宗時代人，曾入北庭節度使幕府。北庭陷落前後，被吐蕃所俘。又《安西與北庭》、《唐安西都護府史事編年》等史料載北庭陷應於貞元六年，再據殷濟〈言懷〉詩句推斷，尤其「二年分兩國」一句，應爲北庭陷落即殷濟被俘後兩年所作，故繫於此。

貞元九年（793）

　　二月十二日，詔涇原、山南、劍南各發兵深入吐蕃。

　　四月，南詔王〈貽韋皋書〉，請聯劍南、涇原、安西等抗吐蕃。

　　貞元九年，劉禹錫擢進士第。柳宗元登進士第，授校書郎，調藍田尉。元稹以明經擢第。張籍離長安南遊至荊湘。王建移居鶴嶺。

貞元十年（794）

　　貞元十年，張籍遊至貴廣一帶，北歸薊北。

　　貞元十一年前，鄭權息涇原兵亂。

貞元十一年（795）

　　正月，安西〈唐貞元十一年正月錄事殘牒文〉。

　　貞元十一年，張籍遊薊北。劉禹錫登吏部取士科。

貞元十二年（796）

　　貞元十二年，劉昌檢校右僕射。

　　貞元十二年，孟郊始登進士第。張籍南歸和州。

貞元十三年（797）

　　貞元十三年，李益時爲幽州節度從事。張籍北遊至汴州，受韓愈賞遇，留置城西館習古文。王建離鶴嶺遊嶺南。曹唐約生於是年。

貞元十四年（798）

　　貞元十四年，張籍得韓愈「首薦」，赴長安。

貞元十五年（799）

貞元十五年，張籍貢舉及第。王建約於是年南遊吳越。

貞元十五年前後，戎昱在永州刺史任。

貞元十六年（800）

貞元十六年，宰相賈耽考方域道里之數，最爲詳盡，安西入西域道列入邊州入四夷之路。

按：因此處文獻時間記錄錯亂，暫不繫月份。

貞元十六年，白居易舉進士第。張籍在和州居喪。王建居鶴嶺。戎昱約於是年卒。孟郊爲宣州溧陽尉，後辭官。

貞元十七年（801）

貞元十七年，王建入幽州劉濟幕。

貞元十八年（802）

貞元十八年，劉禹錫爲監察御史。白居易登書判拔萃科。張籍或入涇州幕，時涇原節度使爲劉昌，有〈涇州塞〉。

貞元十九年（803）

五月十五日，劉昌卒。

五月二十五日，段佑爲涇原節度使，抗吐蕃保邊。

貞元十九年，白居易授秘書省校書郎。柳宗元爲監察御史裏行。元稹中書判拔萃科，署秘書省校書郎。張籍離幕居長安郊守選。王建在幽州劉濟幕，隨之討林胡。陳陶約於是年生。

貞元二十年（804）

貞元二十年，王建約於是年使淮南運糧。

德宗貞元二十一年、順宗永貞元年（805）

貞元二十一年，劉禹錫爲屯田員外郎、判都支鹽鐵案。柳宗元爲禮部員外郎。

貞元中，劉言史至冀州依成德鎮節度使王武俊。

八月，改元永貞。

八月後，貶劉禹錫爲郎州司馬，貶柳宗元爲永州司馬。

夏秋間，東平李師道辟張籍爲從事。

十月，張籍入長安冬集，參加吏部銓選。

貞元間──憲宗元和間，王建歷佐淄青、幽州、嶺南、荊南、魏博節度使。耿湋卒於許州司法參軍。張籍有〈征西將〉，爲其入幕期間作。

永貞元年，王建返幽州。

憲宗元和元年（806）

正月，改元元和。

元和初，回鶻〈九姓回鶻毗伽可汗碑〉記錄救援龜茲。

> 按：依《唐安西都護府史事編年》記，「可以推測，直至此時，北庭（半降半守）及龜茲仍處於漢軍與吐蕃的反復爭奪之中」，尚存疑，且從之。

元和初，李益入朝爲都官郎中。呂敞官監察御史。

元和元年，張籍補太常寺太祝。白居易登才識兼茂名於體用科，授盩厔尉。元稹登才識兼茂名於體用科，授左拾遺。孟郊寓長安。趙嘏生。

元和元年後，張籍居京爲官期間有〈送安西將〉、〈贈趙將軍〉。

元和二年（807）

元和二年，白居易〈除段佑檢校兵部尙書右神策軍大將軍制〉。

元和二年，白居易任翰林學士。元稹居喪。張籍與白居易約於是年訂交。

元和三年（808）

正月，臨涇鎭將郝玼建言涇原節度使段佑，屯於臨涇，奏而許。

元和三年，安西都護府約是年陷落。

元和三年，孟郊爲河南水路轉運從事，試協律郎。白居易除左拾

遺，仍充翰林學士。

　　元和四年前，元稹〈縛戎人〉。

元和四年（809）

　　二月，元稹除監察御史。

　　三月，元稹使東川，使還分司東都。

　　元和四年，時四鎮北庭行軍、涇原等州節度使爲朱忠亮，白居易作〈代忠亮答吐蕃東道節度使論結都離等書〉，責吐蕃擾邊。

　　元和四年，李益進中書舍人。孟郊丁母憂去職，居洛陽。白居易作〈西涼伎〉。

元和五年（810）

　　元和五年，李益改河南少尹。元稹出爲江陵府士曹參軍。白居易改官京兆戶曹參軍，仍充翰林學士。王建離幽州入魏博幕。權德輿爲相。

元和六年（811）

　　元和六年，白居易丁母憂。張籍因眼疾罷官。楊巨源以監察御史爲河中節度使張弘靖從事。劉言史爲山南東道節度使李夷簡司功掾，卒。

元和七年（812）

　　元和七年，李商隱生。張籍閒居長安。孟郊居洛陽。

元和八年（813）

　　十月十九日，朱忠亮卒，蘇光榮代之。

　　元和八年，王建轉渭南尉。白居易服除。王建離魏博往長安求官。

　　元和八年後，權德輿出爲東都留守、刑部尚書、檢校吏部尚書、山南西道節度使。

元和九年（814）

九月，王建授昭應丞。

冬，白居易回京任太子左贊善大夫，與張籍交往甚密。

秋冬——元和十年（815）春，楊巨源授秘書郎。

元和九年，孟郊被辟為興元節度參謀，試大理評事，赴任途中暴疾卒。張籍眼疾初愈，復太常太祝。元稹移唐州從事。

元和十年（815）

二月二十七日，李匯為四鎮北庭涇原節度使。

七月十七日，李匯卒，王潛代之。

元和十年，劉禹錫召至京師，旋出為連州刺史。白居易以越職言事貶江州司馬。柳宗元召赴京師，旋出為柳州刺史。元稹被召回京，旋出為通州司馬。權德輿以疾歸闕，卒於道。

元和十一年（816）

元和十一年，張籍轉國子助教，眼疾痊愈，仍需療護。楊巨源約於是年遷太常博士。

元和十一年或稍後，于鵠卒。

元和十二年（817）

元和十二年，張載遷廣文博士。

元和十三年（818）

春，楊巨源遷虞部員外郎。

十二月，白居易代為忠州刺史。

冬，元稹移虢州長史。

元和十三年，郝玼為涇原行營節度都知兵馬使，吐蕃畏之。

元和十三年，王建授太府寺丞，謝恩入長安，返渭南。李廓登進士第，授司經局正字。

元和十四年（819）

冬，元稹召還授膳部員外郎。

元和十四年，柳宗元卒。劉禹錫母卒，奉靈柩返洛陽。

元和十五年（820）

正月後，穆宗即位，白居易召還，除尚書司門員外郎，又爲主客郎中、知制誥。元稹擢祠部郎中、知制誥。

五月——長慶元年（821）七月間，楊巨源赴鳳翔少尹任。

元和十五年，張籍遷秘書郎，又遷國子監博士。劉禹錫在洛陽丁母憂。

穆宗長慶元年（821）

正月，改元長慶。

正月八日，以田布代土𤷪爲四鎮北庭行營、涇原節度使。

七月，太和公主出降回鶻。

八月八日，楊元卿充四鎮北庭行軍兼涇原等州節度觀察處置等使。

十月，白居易遷中書舍人。王建改秘書郎。楊巨源遷國子司業。

冬，劉禹錫除夔州刺史。

長慶元年，元稹進中書舍人，翰林承旨學士。又遷工部侍郎。

長慶二年（822）

長慶二年，張籍遷水部員外郎。元稹以工部侍郎同中書門下平章事，又出爲同州刺史。白居易除杭州刺史。許棠生。

長慶三年（823）

秋，王建因病辭官。

長慶三年，元稹出爲越州長史兼御史大夫、浙東觀察使。

長慶三年或稍後，張籍〈涼州詞〉。

長慶四年（824）

秋，劉禹錫移和州刺史。

長慶四年，張籍授主客郎中。楊巨源辭官歸田，執政請爲河中少尹。王建約於是年遷秘書丞。白居易除太子左庶子分司東都。

敬宗寶曆元年（825）

正月，改元寶曆。

四月，詔委楊元卿赦還吐蕃降將。

寶曆元年，楊元卿屯田收禾粟二十萬斛。

寶應元年，白居易除蘇州刺史。

寶曆二年（826）

秋，劉禹錫罷官返洛陽。

寶曆二年，涇人請爲楊元卿立德政碑。

寶應二年，白居易因足傷眼疾請百日假，假滿罷官。王建遷太常丞。

敬宗寶曆三年、文宗大和元年（827）

寶曆中，李廓官鄠縣尉。

二月，改元大和。

九月，元稹加檢校禮部尙書。

大和元年，劉禹錫爲主客郎中分司東都。李益以禮部尙書致仕，約於是年卒。白居易返洛陽，徵爲秘書監，歲末使洛陽。

大和二年（828）

大和二年，張籍改國子司業。王建出爲陝州司馬。白居易洛陽使還，除刑部侍郎，後乞病假。

大和三年（829）

大和三年，白居易以太子賓客分司東都，定居洛陽。元稹爲尙書左丞。王建離陝州司馬回京任侍御。劉禹錫轉禮部郎中。李益約於是

年卒。李商隱辟爲天平軍節度巡官。李廓官太樂丞。

大和四年（830）

大和四年，張籍卒。元稹出爲武昌軍節度使。王建離侍御任。

大和五年（831）

七月，元稹卒於任。

大和六年（832）

大和六年，許渾登進士第，授當塗令，以病免歸。貫休生。王建約於是年卒。趙嘏被舉爲鄉貢進士。李商隱佐楚太原幕。

大和七年（833）

七月二日，康志睦爲四鎮北庭行軍涇原節度使。

十一月二十七日，康志睦卒，朱叔夜代之。

大和七年，趙嘏省試落第，留長安。

大和八年（834）

大和八年，李商隱佐兗海觀察使崔戎幕。

大和九年（835）

大和九年，朱叔夜坐贓罷職。

文宗開成元年（836）

正月，改元開成。

開成元年，劉禹錫改太子賓客分司東都。韋莊約生於是年。

開成二年（837）

開成二年，李商隱登進士第。

開成三年（838）

開成三年，李商隱應博學宏詞科不取，入涇原節度使王茂元幕，爲掌書記，茂元以女妻之。

開成四年（839）

開成四年，四鎮北庭行軍兼涇原節度使王茂元讓加官表。

開成四年，李商隱授秘書省校書郎，調弘農尉。

開成五年（840）

開成五年，李商隱赴王茂元陳許幕。

武宗會昌元年（841）

正月，改元會昌。

會昌二年（842）

會昌二年，劉禹錫卒。白居易以刑部尚書致仕。李商隱以書判拔萃任秘書省正字，旋丁母憂。

會昌三年（843）

二月，黠戛斯願助唐復安西北庭，李德裕奏止。

八月，黠戛斯遣使入朝。

九月，武宗〈賜黠戛斯書〉婉拒其意。

會昌三年，史獻忠爲涇原節度使，戍人宜之。

會昌四年（844）

會昌四年，趙嘏登進士第。李商隱移居永樂。

會昌五年（845）

會昌五年，李商隱服除入京，仍爲秘書省正字。

會昌六年（846）

會昌六年，白居易卒。

宣宗大中元年（847）

正月，改元大中。

大中元年，李商隱隨桂管觀察使鄭亞赴桂林，爲支使掌表記。

大中二年（848）

正月十一日，涇原節度使康季榮奏吐蕃放歸兵民。

六月，康季榮收復原州及六關。

七月十一日，凌煙閣功臣添名郭元振、李嗣業。

大中二年，張義潮起兵沙州，收復敦煌、晉昌。

大中二年，李商隱罷幕北歸長安，補周至尉，旋爲京兆尹留假參軍事，奏署掾曹等。李廓出爲武寧軍節度使。曹松生。

大中三年（849）

大中三年，張義潮收復甘、肅、伊、西四州，然吐蕃尋又奪回西州。

大中三年，陳陶隱居洪州西山。武寧軍節度使盧弘止奏允李商隱爲判官，得侍御銜，赴徐州。

大中四年（850）

大中四年，張義潮復收西州。

大中四年，李商隱隨盧弘止至汴州幕。

大中五年（851）

大中五年，張義潮遣兄張義澤奉十一州圖籍獻唐，因置歸義軍於沙州，以張義潮爲歸義軍節度使，十一州觀察使，曹義金爲歸義軍長史。

大中五年，李商隱歸京，任太學博士，又被辟爲東川節度書記、判官。

大中六年（852）

大中六年，〈授康季榮制〉。

大中六年，趙嘏任渭南尉，約卒於是年。

大中六年──大中八年（854），裴識帥涇保安。

大中七年（853）

大中八年（854）

大中八年，李頻登進士第，授校書郎，爲南陵主簿，後試判入等，遷武功令。

大中九年（855）

大中九年——大中十一年（857），盧簡求充四鎮北庭行軍、涇州刺史。

大中十年（856）

大中十年，李商隱任鹽鐵推官。

大中十一年（857）

九月，李承勛充四鎮北庭涇原渭武節度等使。

大中十二年（858）

大中十二年，李商隱回鄭州，旋卒。

大中十二年，許渾約卒於是年。

大中十三年（859）

宣宗大中十四年、懿宗咸通元年（860）

大中末，李廓官潁州刺史，復爲觀察使。

十一月，改元咸通。

咸通二年（861）

咸通二年，于濆登進士第。

咸通三年（862）

咸通三年，鄭賁登進士第。

咸通四年（863）

八月，黠戛斯請聯唐討回鶻歸安西，懿宗不許。

咸通四年，張義潮光復涼州。

咸通五年（864）

咸通五年，沈彬生。

咸通六年（865）

咸通七年（866）

咸通七年，回鶻首領仆固俊斬吐蕃會論恐熱，光復庭州。至此伊、西、庭三州名義上又回歸唐朝版圖，隸歸義軍節度。曹唐約卒於是年。

咸通八年（867）

咸通八年，唐征召張義潮入朝，留不遣，以爲右神武統兵，由其族子張懷深守歸義軍。自是歸義軍與回鶻分道揚鑣，西陲形勢大變。

咸通九年（868）

咸通十年（869）

咸通十一年（870）

咸通十二年（871）

咸通十二年，許棠登進士第，爲劉鄴辟爲淮南館驛官，授涇縣尉，後任虔州從事。

咸通十三年（872）

咸通十四年（873）

懿宗咸通十五年、僖宗乾符元年（874）

咸通中，李頻以有治聲擢爲侍御史，累遷都官員外郎。

咸通末，胡曾爲山南東道節度從事，入劍南西川節度使路岩幕。

十一月，改元乾符。

乾符二年（875）

乾符二年，李頻爲建州刺史。

乾符三年（876）

乾符三年，李頻卒於任。

乾符四年（877）

乾符五年（878）

乾符六年（879）

乾符六年，陳陶約卒於是年。陸龜蒙隱居笠澤。許棠任江寧丞，旋歸居涇縣。周樸卒。

乾符中，胡曾在高駢西川幕。

僖宗廣明元年（880）

正月，改元廣明。

僖宗廣明二年、中和元年（881）

七月，改元中和。

中和初，陸龜蒙卒。

中和二年（882）

中和三年（883）

中和四年（884）

僖宗中和五年、光啓元年（885）

三月，改元光啓。

光啓元年，方干約卒於是年。

光啓二年（886）

光啓三年（887）

僖宗光啟四年、文德元年（888）

二月，改元文德。

昭宗龍紀元年（889）

正月，改元龍紀。

龍紀元年，吳融登進士第，旋爲韋昭度辟爲掌書記，隨軍討蜀。

昭宗大順元年（890）

正月，改元大順。

大順二年（891）

昭宗景福元年（892）

正月，改元景福。

景福二年（893）

昭宗乾寧元年（894）

正月，改元乾寧。

乾寧元年，韋莊登進士第，授校書郎。貫休往錢塘。

乾寧二年（895）

乾寧二年，貫休赴江陵。吳融因事貶官，流寓荊南，依節度使成汭。

乾寧三年（896）

乾寧三年，吳融被召爲左補闕，以禮部郎中爲翰林學士，遷中書舍人。

乾寧四年（897）

乾寧四年，韋莊爲使蜀判官隨行。

昭宗乾寧五年、光化元年（898）

八月，改元光化。

光化二年（899）

光化三年（900）

光化三年，韋莊除左補闕。

昭宗光化四年、天復元年（901）

光化四年，曹松登進士第，得校書郎。

四月，改元天復。

天復元年，韋莊入蜀，西蜀王建以之為掌書記。貫休流放黔州，潛逃南嶽隱居。吳融擢為戶部侍郎，後流寓閬鄉。

天復二年（902）

天復三年（903）

五月一日，制授鳳翔隴右四鎮北庭行軍彰義軍節度涇原渭武觀察處置押蕃落等使李茂貞。

天復三年，貫休入蜀，為西蜀王建所重，賜號禪月大師，特建龍華院居之。韋莊以蜀使朝貢京師。吳融召為翰林學士，遷翰林承制學士，卒。

昭宗天復四年、天祐元年（904）

閏四月，改元天祐。

哀帝天祐二年（905）

天祐三年（906）

天祐三年，韋莊任西蜀安撫副使，勸王建稱帝，以功拜相。

天祐四年（907）

天祐四年，朱溫逼哀帝李柷禪位，唐朝滅亡。

附錄三：西行記錄

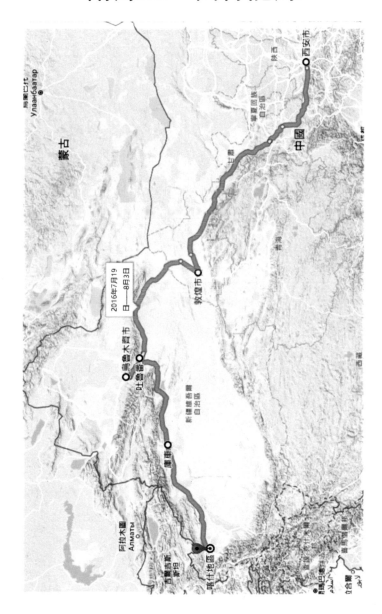

主要標誌性地點留念

陝西歷史博物館

玉門關遺址

漢長城遺址

絲綢之路遺址

陽關遺址

火焰山

交河故城

天山天池

龜茲故城

喀什噶爾古城

敦煌莫高窟

帕米爾高原・卡拉庫里湖